古厝懷思／張文貫著 --
臺北市：東大出版：三民總經銷，民78
[7]，175面；21公分 --（滄海叢刊）
ISBN 957-19-0018-4（精裝）
ISBN 957-19-0019-2（平裝）

I. 張文貫著
848.6/8764

 古厝懷思

著者 張文貫
發行人 劉仲文
出版者 東大圖書股份有限公司
總經銷 三民書局股份有限公司
印刷所 東大圖書股份有限公司
地址／臺北市重慶南路一段六十一號二樓
郵撥／〇一〇七一七五一〇號
初版 中華民國七十八年九月
編號 E 83198
基本定價 叁元貳角貳分
行政院新聞局登記證局版臺業字第〇一九七號

古厝懷思
編號 E 83198
東大圖書公司

ISBN 957-19-0019-2

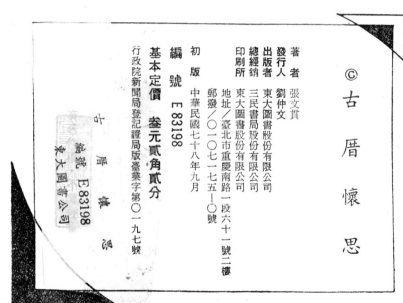

滄海叢刊

古厝懷思

張文貫 著

1989

東大圖書公司印行

序

本書作者張文貫先生出身鄉村，具有豐富的農業經驗，是一位成功的農業教育家，也是一位多才的鄉土作家。作者任教於其母校省立桃園農工多年，先後兼任導師、主任及秘書等職務，甚受師生愛戴。其間，除經常下鄉輔導農民外，並曾奉派赴非洲擔任農耕隊副隊長，爲國爭光，去年更榮獲全國優良農教人員，今年又榮獲特殊優良教師「師鐸獎」，可謂實至名歸。

與許多同年代的省籍人士一樣，作者身經日人統治、第二次大戰、臺灣光復，及中央政府遷臺等大變遷，亦目睹本省工業的起飛、農業的相對萎縮、經濟的發展，以及政治的變革，作者以上述加速變遷的時代爲背景，並以鄉土之人與物爲題材，以寫實的手法表達出極富時代性及代表性的生動故事，行文樸雅，情節感人。

《古厝懷思》散發濃郁的鄉土氣息，作者觀察入微，以極爲傳神的俚語，細膩的描述，活化了與時代同步的人與物。作者有意無意地把現實與理想、失望與得意、懷古與前瞻作了巧妙的調和，就像作者榮獲小說首獎的代表作＜古厝懷思＞，不但瀰漫著綺麗的懷古情境，更洋溢著澎湃的奮鬪意志。作者不但深入生活的內層，赤裸裸地描述與時代同步的生活層面，更仰望人生的理想天際；他不但呈現陰鬱的苦澀，更刻劃雨過天青的喜悅。他的作品就像作者所培養的「現代化農民」一樣，雙脚屹立於現實的大地，雙眼則遙望充滿希望的未來。

作者張文貫先生是筆者省立桃園農校的同窗，一向佩服作者，一面從事農業教育，一面勤於寫作的勤奮耕耘。現在作者接受同仁之敦促，將其創作彙集成册，細讀全書，甚感作者能把握時代之脈動，刻劃鄉土文物，字裏行間閃爍著極富教育功能的智慧，實爲值得廣爲推薦之優良讀物，在「與有榮焉」之餘，樂爲之序。

呂理福

於省立桃園農工校長室

民國七十八年九月

自序

年近花甲的我，完成了這本文集，該說是聊堪自慰的事。歷經了兩個截然不同的時空之後，艱忍、悲苦的生活體驗與磨鍊，留給我太多、太深的感受。

有些時候，我會情不自禁地喟嘆：感傷自己爲何出生在那黑暗的不幸年代？有時却又油然從心底湧上一股暖流，潤澤我那顆不太容易激動的心扉，也許正因爲有過刼後餘生的恐懼與創傷癒後的經歷，有幸領悟那多出來的生命之喜悅，讓人格外珍惜與感念；且益發體認堅忍奮進的人生真諦。

自知國學造詣不深，却又不忍拋棄僅有的旨趣，更不想在人生歷程中有著留白的遺憾，所以寫下這本册子。

在付梓前，承蒙呂校長理福的鼓勵，及林羨慧、姚妙華、金穎如、蘇心一等同事的指教與校對，在這裏特別表達我衷心的謝悃。

張文貫　謹識

中華民國七十八年仲夏

總評

臺灣省新聞處，此次舉辦的「鄉情」散文徵文賽，由於主旨明確，饒具意義，涵容面頗爲寬廣，社會各界反映熱烈，應徵非常踴躍。這許多作品，來自全省每一角落，每位作者都以熱愛家園、關心國族的誠懇態度，寫下他們的心聲。正因作者都是散佈在各地的生活者，從事著各種不同的行業，他們現身說法，更能忠實的反映出光復以來這一地區多面的生活景況。如果說：文學是全民精神的顯影，這一系列的作品，正如一面澄明的鏡子，它們以真摯的情感，高度的理性，兼容並蓄的爲鄉土謳歌，公平的作出了時代的證言。單以這一點而論，我們卽可確認，這次徵文的成果，是相當豐碩的。

進入複評的六十篇作品，生活肌裏豐實，寫作態度認真，多數採取抒情兼記敍式的混合文體，娓娓述寫出他們家鄉的生活風貌，大致上都保持相當的水準，對一般並非經常寫作的人而言，能有這樣的成績是難能可貴的。這些作品具有一項極重要的共同特質，那就是作者們寫作的動力，源自於對家對國的熱愛，他們關切、參與和獻身投入的心志，字裏行間，處處可見端倪，這種動力是巨大而恆久的。

文學作品，原就自然具有它的歌讚性與批判性，中國文學著重「頌之以誠，責之以憫」，唯有以真誠的、關切的態度出之，方不致流於偏頗盲激，也才更富有積極的精神建設的意義，就這些徵文作品的本質而言，實在有著不可磨滅的光燦。

經過初複選委員慎重的會評，〈古厝懷思〉一文，榮獲首獎，作者以一幢古厝的歷史爲經，抒寫本身的生存經歷，將日據末期艱難困頓的歲月，和光復後的自由生活作爲對比，憶苦思甜，自勵勵人，確具真實的歷史感，倍增作品的深度，在目前社會由豐足轉趨淫靡之際，讀它更能產生啓悟作用。

司馬中原

目次

古厝懷思

前天，一位親戚來訪，提起我住過十餘年的古厝，已經賣給營造商，準備動工興建公寓大廈。

我急忙背上過時的照相機，想爲那陪伴我渡過憂苦歲月的老宅，留下一幀「倩影」，以作永久的紀念。

大老遠，就聽到「隆隆」的機械聲，一股強烈的酸痛湧自心底。眼看著坐在怪手機上的作業員，口中猛嚼著檳榔，咧著嘴，似很滿意自己工作績效的那副嘴臉，我眼球中冒著怒火。兩頰滑落下來的水，滲流到唇邊，舌尖一嚐，有些鹹味。等靜下心想；實在也沒有理由嫉恨那位作業員，該怨的是自己；爲甚麼不早些日子來？

我的古厝，雖不美，却很牢固，「土角」❶砌成的牆，外被上一層稻草，以免雨水冲蝕，室

❶「土角」以泥漿摻些切細的稻草混拌後，套進一定規格的板模內，經晒乾製成的土磚。

內的壁牆，用泥漿抹平，樑柱則用孟宗竹或就地取材的大竹，先經烘乾替代了木材，屋頂是用茅草作魚鱗式的編疊，覆蓋到屋脊，收成尖突形。也許是見慣了當時最普遍的房屋造型，誰也不介意甚麼，實在也找不出厭嫌的理由。

其實，我不是出生在那間茅草屋，我們搬進去的時候，我已是快十三歲的大孩子了。那是太平洋戰爭爆發後的第二年，日本軍政府說是：爲了避免人民生命財產的損傷緣故，強制實施「疏開」（疏散）措施。而那間土茅屋，還是一位遠親看在父親是長輩份上，特別騰空出來的。原來是用作堆置農具及雜物的倉房。住慣了城市生活的我，起初非常難於順應，有時，還當著父親面埋怨幾句，父親嚴肅而沈痛地說：「爲了逃命，要刻苦，要忍耐！要留著雙目看！」聽得出他心中的無奈與哀怨。

搬進那間土屋後，室內牆壁抹上一層薄薄的白灰修飾，多少也驅走了陰暗。可是入夜後，只有靠兩盞煤油燈照明，爲了要節省油料，燈芯又捨不得抽出太高，因此，火光像是幽靈，叫人心悸。儘管處在非常時期，喜愛花木的父親，仍不忘滿足他的雅趣，在屋前種了幾棵梅花、茶花及桂花，屋側種植金柑、柚子等果樹，後院早就有一排濃密的竹林，成了阻擋東北季風的防風牆。在屋後，我們臨時挖了一口井，深及丈餘，由於地下水源充足，伸手就可汲水，井水清涼甘美，清得可見底。據鄰居說：井中放飼「鮎鮘魚」可以收捨水中不潔物，於是我刻意去釣條鮎鮘放入井中。後院一隅，連通一條灌溉水溝，母親砍了些觀音竹，編製圍籬，飼養了鷄鴨。

每當金黃的柑桔掛滿在樹上，梅花、茶花相繼怒放的時候，新年就來到人間。這時候，後院的鷄鴨就要少上幾隻。不久，新孵育的又補了上來。美中不足的是：牠們的成長速度，叫人大大失望。

大約在民國卅年前後，日本政府使出幾套新花招，下令全臺灣人，要主動繳交金銀財寶，連一般家庭的鐵窗、金銅類物品都要繳去熔製充當武器。如果那家隱藏財寶，一旦被搜出，除了沒收充公之外，加上酷刑是他們既定的「皇法」。而正當南太平洋戰場節節失利，台灣青年壯丁被徵去當兵，當軍伕最狂熾的時期，又頒佈了「糧穀繳公」法，他們把責任交給「保正」❷及「甲長」❸來執行調查統計任務，然後依耕地面積大小，全不顧實際產量之高低，強制實施繳穀措施。那些保甲長是受過日本教化的人當中挑選出來的，雖然大多都會護著自己同胞，少數被逼得難上難下的保甲長，由於執行任務上稍微認眞或態度傲慢，常遭到保甲內父老的唾棄與辱罵。

有一天夜晚，父親在房間裡忙著構築一道狹窄的土牆，動作敏捷而又神秘，在修好的牆表上，擺放著簡陋的傢俱。直覺告訴我：大人們正進行一項不可告人的工程，已經相當懂事又好奇的我，想要靠近觀看，很難得到大人的允許。母親直催我們兄弟早睡，她說：「囝仔人，有耳無嘴（不知守口之意）。」父親一句話都不說，只看到他認眞地、專注地動手塗抹著，出手迅速而

❷「保正」日據時期，地方基層幹部之職銜，每五～八甲爲一保。
❸「甲長」日據時期，最基層之地方自治幹部職銜，相當於今之鄉長。

俐落。我覺得他眞了不起，從小在祖父調教下，不單漢學造詣深厚，書法也是地方上的佼佼者，眞沒想到抹刀下的功夫也相當高段。

多出來的那道牆壁內有秘密，是我早料到的事，只是不知道要做甚麼用？不幾日，就出現了答案。

母親從一位親戚家，以高價買了兩擔穀子藏了進去；父親把一册表面發黃的族譜裝進鉛皮盒，再用蔴袋包裝妥當後擺放進去。在父親眼裡，我已經是相當懂事的長子，他早就告訴我，那是我們祖先從唐山老家漳州帶出來的「珍寶」，要我們好好保存。

每隔一段時日，母親利用夜晚從那秘牆中取出少許穀子，然後裝入三斤裝的酒瓶裡，再用一根竹棒子上下抽動。她吃力又緩慢地把稻穀搗開之後，用圓形的竹簸輕輕揚篩，抖出粒粒迷人的糙米。每每看到她雙臂前後上下擺動時，我知道該去替手繼續進行那套原始的碾米作業。她坐在一旁，再三叮嚀：「你卡宰事，千萬不好對人講厝內藏有穀仔，萬一被官廳查落，你們就無飯呷！」

其實，好幾個月來，對米飯已相當陌生的我，早已是不敢抱太濃的期望。偶而，能在甘藍菜或菜豆稀粥中，看到「米之芳踪」，往後又不知「何日再見」的殷待中，枉費多少時日?!母親每看到孩子們無法裝飽時，常用甘藷粉加上少許水分攪拌成稀漿，用一塊久沾豬油，仍捨不得丟棄的布團，在鍋中迅速轉幾圈，然後把粉漿倒進鍋中，手快速翻動幾下，就煎成了藷粉餅，吃起來很香，也能果腹。後來，甘藷粉也接應不上，就改用豆渣來煎煮，吃來格外粗糲痛苦，日久，胃腸似乎也逐漸能適應得來，實在說，也沒有可選擇的餘地了。在大戰末期，一般家庭裡的三餐（有些只有二餐），除了土黃的甘藷乾簽外，大概就是木薯粉、甘藷粉一類的食物。如果想吃塊肥肉，那只有期待過年過節的到來。由于長時間缺乏油水（營養不良），爲了給子女補充一下營養，父母總是捨不得吃的場面，最叫我們難過。

有次，颱風過境。不料屋頂被強風掀開了一大洞，加上外牆被雨水滲濕，沒幾天功夫，藏在秘牆裡的稻穀，有的萌出小芽，有的發散出霉味兒來。母親不敢拿到外面曝晒，只好在厝內用各種大小不同的容器具，攤開來進行蔭乾。她眼眶裡閃着光亮，聽她自怨自語：「可憐的囝仔，實在眞無福氣！」

奶奶留給母親的唯一財產，是曾祖母傳下的一對玉手環，她怕引人注目，始終沒敢套戴，當然，最主要的原因是怕被沒收。她小心地用布包了好幾層，再裝入一隻小木盒，暗藏在屋樑的隙縫裡，幸運保全了那對傳家寶。等到台灣光復後，很久，很久，才敢戴出來亮相，她高興得淚水滿面。

想到古厝，就聯想起幼年許多難忘的事。我們的保正先生，人並不算壞，只是太過於忠守他的職責。據說：把他老母藏在房間「土腳」（泥中）裡的三兩多黃金，全部繳交給官廳，她恨死那位保正兒子，常罵他「不孝子」，說他對「臭狗仔」❹死忠，「不好尾」（沒有好報之意）。雖然他

❹「臭狗仔」本省人指罵日本人之土語。

對家庭不忠不孝，却接受了日本官廳頒發的模範保正獎狀及一枚勳章，還榮耀風光好一陣子。鄰近一位甲長，因密報鄰家偸殺豬草堆裡私藏稻穀而立下功績，獲得了表揚。鄰居有位一生以拖牛車謀生的阿興伯，家裡飼養的母黃牛，生了一頭小牛，養了年餘，不知怎的斷了隻前腿。牛車阿興伯看那小生命活得可憐，乾脆宰了牠，把肉分送給親戚家吃。三天後，突然有位佩帶武士刀的「巡查大人」（警察）出現在村頭，原來是帶阿興伯去派出所「苦留」（拘留），好多天後才放他出來，聽說：他吃了不少苦頭。後來，他唯一命根獨子旺枝仔，結婚不到半年就被徵去當軍伕，三個月後，傳來他戰死的噩耗。那段時間，常聽鄰居說，要給那位甲長一點顏色看看，其實，不過是放風聲罷了，大概是他自感愧對鄉親，不久，就不知道搬到那裡去了。

大戰末期，家裡後面的竹林間，構築了一座簡陋的防空壕。起初都以爲搬到鄉下比較安全，所以不太理會戶戶必須挖掘防空洞的官方要求。最後，實在沒有一處眞正安全的地方，才不得不挖防空壕，來安放自己的心。

記得有一回，盟軍飛機輪番猛炸八塊厝（今桃園縣八德鄉）軍用飛機場，那是臨時動用人力築造的小型飛機場，專作爲敢死隊——日本神風特攻隊的基地，附近居民死傷慘重，大湳（今八德鄉大成）小街幾乎被夷成平地，我們全家跳進搖曳的防空壕內，每個人臉型都走了樣。我哭喪著臉，天眞地向父親建議再搬回桃園街上住，因爲街上一直還沒有被炸過，母親說：「誰知道炸彈何時會掉下來！掉在誰家厝頂？天有目，我們家人從沒有做虧心事，天公會保庇全家平安無事！」看她口中不停地禱念著，也聽不清楚說些甚麼，因爲炸彈就在我們旁邊爆炸。等空襲警報解除，爬出洞外，赫然看到一顆好大的炸彈，好端端地斜插在距洞口不到廿公尺的田塊上，這眞使一家大小全身發軟。幸好是沒爆發，否則，那是不堪想像的悲慘。

不久，臺灣光復，榮歸祖國懷抱。可是，不幸的事却發生在我們家裡，光復後不久，父親患了場急病，竟奪去了他堅忍的生命。他眞的留著雙目，看到了、等到了臺灣光復的佳訊。哀慟中也感到有幾分悲壯！我們在那間草厝又住了好一段時間，才還給那位遠親。

那不堪回首的艱辛歲月，隨著獲得了自由，也隨著追求富庶的生活慾望與提昇中，逐漸地被淡忘，大概誰都無意去咀嚼昔日種種苦澀。偶而，看到自己子女在現代生活習慣中，有些浪費行爲出現時，頂多輕淡地勸說幾句。最後，只有暗地裡感喟自己命運之多舛罷了。

沒幾年光景，看到過去每天上下學要走的石子路，統統鋪上柏油，路面也加寬許多，機車、汽車在重劃過的鄉道上奔馳著。厝邊的住家，不僅外觀變了，連厝內一切裝飾也都變得太多。各種中小型工廠，包圍了古厝一帶，豎起的煙囪向古厝居民們示威著，傲慢地吐著烏煙。老老少少都在忙著，很勤奮，也很緊張。年輕的一代，大多出外上班謀生，有的捲起包袱離鄉背井到外頭創業，也許，他們認爲比種田時髦、有趣得多。年邁的一輩，忽然感到孤寂了，雖然子女出外找「頭路」（做事），有事業出頭的日子，在他（她）們心靈深處，有著聊可自慰與炫耀的一股甘味；但是，暗地裡却隱藏著悽悽的輕喟。他（她）們也曾殷盼過兒孫繞膝的歡樂，如今，卻不容易品嚐兒孫歡聚一堂的樂趣了。卽使擁有兒孫的老人，孫輩們在白天大多去上學，一回到家，就看他（她）們埋頭苦讀，阿公、阿媽也在望孫成龍成鳳的渴望中，不敢也不願去打擾賢孫金孫了。疼孫心切時，很想帶孫輩們去逛街，買些吃的、玩兒的給他（她）們，有時候，還得看看兒媳的面色表情。最後，他（（她）們只有去找找幾位沒有走的鄰居老友，天南地北的閒聊，來打發他（她）們將盡的日子了。

想到過去，觸景傷情，更勾起了對古厝濃厚而殷切的念情，可是，古厝面貌不再，厝後的竹林被燒光了，厝邊的柚樹，被鄰居孩童爲了採摘果子，攀折得早已經走了樹形，等著卽將被連根掘起的命運。想探看那口井，也不知道正確的位置了，井裡的那條鮎鮘魚，是否有那位好心的鄰居，把牠撈起來放生？大概早被埋在井底，成爲千百年後的化石了。

本想回來捕捉、品味一下昔日生活的音符，看看那曾密藏稻穀的土角牆，吻吻厝內房間的泥土芳香，看看曾煎烤甘藷的爐灶……，我癡癡地站在被推平的古厝泥地上，很久，很久，可是一切都不見了，離我遠去！陡地，我感覺自已竟變成世界上最孤獨的人。

黯然地環視四周，唯一可憑藉的，祇有田頭那一顆老榕及樹蔭下那座土地公小廟，還有牛車阿興伯唯一長孫，把他祖父生前賴以謀生，銜繫、象徵著一系命脈的兩只牛車輪，仍懸掛在屋簷下，連小得不能再小的「抓一把古厝眞正泥土」的一個願望，都成了奢求。

亙古以來，對每一個人都很公平的太陽，已準備下山，映印我一個細長的身影，留在古厝泥地上，却永遠尋不著、摸不到昔日眞正的自己。

——獲臺灣省政府新聞處「鄉情」徵文第一名，刊於七十五年《臺灣月刊》四十期

老人與牛

中央氣象局還沒有發佈尼爾森颱風警報前，阿旺伯憑他多年的經驗就知道會有颱風。

他連忙在菜園裡搭建簡陋的竹架，再用些舊肥料袋繫覆在上面，又牢牢地用繩子繫緊，爲保護蔬菜不受風雨摧殘。

鄰家就讀工專的仁傑，路過莊前店仔口，順便爲阿旺伯帶回一封信。

「阿旺伯，有您的信。」

「甚麼呀？」

「是臺北寄來的限時信！」

阿旺伯放下農具，雙手微微顫抖著，突然地接到限時信，一陣莫名的緊張，使他心中忐忑著。

「快快替我看看，你知道字不認識我。」直爽的阿旺伯在焦急中不忘消遣自己一句。

「哇！阿旺伯，恭喜喲！才俊叔大後生（長子）要結婚啦！請阿伯去參加大孫的結婚禮。」

仁傑說明信的內容後就匆匆走了。阿旺伯沒有再繼續工作，坐在河堤上，望著在勁風中起伏的陣陣稻浪發著愣。

「早不結，晚不結，偏偏選在這個時候結……。」他心無頭緒的自語著。

長孫要結婚，他當然高興。可是在這節骨眼要他去臺北，他實在一百個不放心。他怕颱風把作物吹散，怕大雨把田地淹沒。

「何必在臺北結婚？回來庄腳好好辦幾十桌該多熱鬧，菜料又實在！」他喃喃自語。

他記得很清楚，才俊結婚時，在市內辦了簡單的七、八桌，桌面倒是挺大的，菜色祇有一點點，怕人吃似的。幾根在家吃厭了的青江白菜，竟然在喜筵上出現，還說甚麼山珍海味呢！看到兒子把鈔票付了大把出去，使他心疼好久，一回想起那件事，他不禁又痛又氣。

他想：如果請辦酒席的師傅來家裏作菜，又大碗又好吃。再說，苦了一輩子，現在子孫都已長大了，即使闊一下又有甚麼關係？

莊內的人都知道，他有個兒子在臺北開兩家貿易公司。常羨慕他，說他眞好命，眞有福氣，而且肯定這是前代燒好香才有的結果。

想到「好福氣」，阿旺伯陡地黯然。

自從孩子的娘去世之後，家中裏裏外外大大小小的事，就落在他身上。有人勸他找個伴，好幫幫家事，可是一想到孩子都已經念高中了，而且既聰明又乖巧，一口氣又考上國立的大學，自從家中添了位「狀元孩子」騷動全莊之後，添個伴的事就遠遠地拋在一邊。他一意要傾注所有的心力在孩子身上，讓孩子把書讀好。

眼底下有幾分地，除了一部份是從「田頭家」（地主）放領過來，其餘大部份是他與孩子的娘，憑著四隻手、兩個肩，胼手胝足一鋤一挑地把河床地開闢成的良田。看到田地，就想到孩子的娘，夫妻倆的辛勤奮鬥都已經是快四十年前的往事，此際却又像是近在眼前。

他又陷入更孤寂的深淵裡。

這些年來，孩子曾三番兩次的勸他把田地賣掉，或租給鄰居代耕，要他搬到臺北一塊住，好讓子孫就便照顧，不管他們怎麼說他就是不肯答應，他實在捨不得丟下那幾塊田，更不想離開朝夕相處融洽的鄉親及那頭陪他耕田、拖車快二十年的老牛。

明天一大早要趕去臺北，他想起了衣櫃裡閒置已久的衣服。那是兒子爲了他六十歲生日時，說好說歹拉他去訂做的一套西裝，一生中也只穿過那一次，之後，就收放在櫃子裡一直沒再搬出來穿過。爲了長孫的婚禮，他想，該好好打扮一下，不要給子孫失體面。於是，找出西裝來試穿，式樣也許過了時，但還算蠻挺直，也很合身。能依稀保住當年的幾分風采，他向鏡子裡的人點點頭，笑一笑，然後滿意地躺上床。

× × ×

天微微亮，阿旺伯就快快起身，準備趕頭班北上的平快車。他先牽牛到外面蹓一圈，讓牠喝口水，放放尿屎，然後寄養在鄰家。昨晚就放好在床頭的襪子，一穿上，龜裂的腳皮就勾住幾條絲線；長時間親近泥巴塑造的大腳板，擠進皮鞋免不了陣陣作痛；結在脖子上的領帶，叫他呼吸困難。他想到，難怪家裡那頭牛，如果把牛肩拌得太緊，牠會猛搖頭頸。總之，穿上西裝，他全身沒有一處好受，但想到長孫就要結婚，心頭也就舒服多了。

踏上車門，眼明腳快地選個靠窗的位置坐下來，心跳才慢慢平和下來。電鈴響了幾聲，車子開動了，窗外的樹木、電桿、田地一排排地往後退去。經過一陣上車的忙亂，車廂裡面開始熱鬧起來，有聊天的談笑聲、啃瓜子聲，有孩童跑動的叫喊聲。對座有位白髮蒼蒼的老太婆，抱個可愛的男嬰，她用那缺了門牙的聲音愛憐地說：「乖孫，來！阿媽抱抱，手不要伸出去喲！」

阿旺伯被那幕孺子情深吸引住。很久以前，不也有一次回她娘家的車上，才俊在他娘的膝上不停地蹦跳，把小手搗在小嘴巴上，用稚嫩的童音，學著不很像的汽笛聲。孩子的娘眉開眼笑地說：「阿旺，你看他會說話了，眞巧！」

才俊七歲那年唸小學，就很懂事，小小的年紀知道家裡人手不够，一放學回來，放下書包就快快去幫忙放牛割草，農忙季節裡，還會跟著請來的工人比賽割稻。稍長，他還會使盡氣力，把穀子一袋袋地搬上牛車，那份掙紅了臉也不認輸的神情，叫阿旺伯想得入神。那時候，家裡很窮，耕的是別人的田地，要是收成不好，吃的也相對地較差，只有在糙米裡多放些蕃薯簽，把它放在一邊，等煮熟了，蕃簽扒進自己碗裡，米飯留給孩子吃。

後來，政府頒佈「耕者有其田」之政策，他終於擁有了自己的土地，家裡情況稍稍有了改變。才俊就在那時候考上縣城裡一所高中，他很用功，不必大人操心，成績總是排在頭名。每每聽到有人說：「旺仔，你祖公積好蔭德噢！厝內才會出一位狀元囝仔！」聽到那些話，他就樂得合不攏嘴，他萬萬想不到自己會有這麼一天。小時候，他替人做長工，吃過蕃薯葉，睡過草蓆木床，那敢妄想會有自己的田地，還會有念大學的兒子？想想這一生只要溫飽就行了，可是，偏偏幸運之神特別眷顧他，使他擁有了這一切。

孩子長大了，大學畢業之後，做起生意來也很順利。想到當初兒子畢業時，他曾心切地希望兒子留在縣城內的公家機關做事。因爲他常聽人說：生意囝難生，沒想到自己竟然生個會做生意的兒子，而現在長孫也要結婚了……。過去、現在，聯結串串，他有太多、太深的感觸，可是，一晃幾十年已經成爲過去。

「臺北站，臺北站到了！請各位旅客不要忘記自己的行李。」

阿旺伯悚然一驚，往窗外一看，心頭開始緊張，雖然他有過兩次到臺北兒子家的經驗，但是臺北路密密麻麻像蜘蛛網，人也多得不得了，他始終弄不清楚方向。他的兒子事先說好到車站接他，可是車站人潮洶湧，那裡去找自己兒子？正在徬徨時，聽到熟悉的呼喚「阿爸」的聲音，這才叫他放了心。

車子彷彿流入一條長長的車河之中，在街上奔馳。一下跑到地下，一會兒在空中，「叭叭叭」地誰也不讓誰似的，像是在賽車。他又驚奇又緊張，繃緊神經看著兒子開車，兒子不停地告訴他：這是中華商場，那是今日百貨公司，前面是……，他要兒子回家再講話，要他專心開車。他想到在鄉道上行駛的車輛，要是看到搖搖晃晃的鴨群，還會耐心地等牠們過去，沒想到都市人這款無耐性，連人都不放在眼裡，他心中不平著。

車子停了，孩子帶他踏進三面都是玻璃的小房間，他知道那叫「蹓籠」（電梯）。一聲微動，胸部有甚麼塞住似的，在眼前的樓房，瞬間就不見了，升上天空後，他腳底發麻，頭部昏沉，心也彷彿提在半空中似的。

孩子的家在七樓，從窗內向外望出去，前面樓房高高低低，密密地排列著。他的雙腳好像懸在半空中，每戶人家都用鐵欄緊緊圍住，唉！住在這鳥籠有甚麼意思？上不著天，下不著地，聽不到公鷄的啼叫聲，聽不到樹上的蟬聲，看不到田地……窗子還關得緊緊的，呼吸不到新鮮的空氣，他自語著。低頭看下去，地上蠕動的人，像是螞蟻般在走路，他眞替子孫們感到窒息的痛苦。

颱風的威力雖已減弱，但屋裡仍然可以清楚地聽得到颱風掃過電線咻咻作響的聲音。他的心就像是家裡的稻子或瓦片被吹落了的難受。

坐了大半天車，他確實累了，眼皮拉成一條線，對街射進來的慘白刺眼的水銀燈光，加上汽車無時歇息的喇叭聲，叫他極度難眠，他覺得坐這趟車，比耕犂兩天田還要累。連呼吸都不太自然，用手指挖挖鼻孔，一大塊汚垢即刻落在潔白的床單上。

在迷糊中，聽到清早叫賣的第一聲，他不禁有些懊惱。

× × ×

大孫的婚禮，在颱風過境後的第二天舉行。

場面是豪華的、熱鬧的，坐在華麗奪目的餐廳裡，他告訴自己：這是一生中未有過的享受！想到自己孩子，在商場上奮鬥多年，有了這麼熱鬧、體面的排場，心中不由得掠過一陣快感，但很快又平靜下來。

坐在正面主人桌的他，有些不自在。而當同桌的賓客明白他的身份之後，再也不敢投射以奇異的眼光。

喜筵開始了，一道道不知名的菜餚，像是趕客人一般地端了上來，他樣樣都沒吃過。他也知道謹愼而禮貌的招呼賓客，不敢像在家那般大挾大吃。端上來的菜，不知道是不好吃呢？還是都市人吃怕了？有的吃不到一半就被收回去，看在眼裡，痛在心裡。他心中暗罵：「討債！」（浪費）

鄰座一位客人，很客氣的爲他盛菜，「阿伯，這道菜是這家飯店的名菜……特別選出來的上等牛肉，來！吃吃看！」

「牛肉!?」阿旺伯瞪大瞳孔，一塊肉塞在喉嚨裡不知如何是好，下了肚的東西開始在胃中翻騰。腦海裡立即湧現家裡那頭和他相處多年的老牛的影像，尤其最近幾年來，一個人孤苦伶仃的生活，家裡就只有牠是最親的「親人」了，而今竟落得要吃牠的同類，他心悸又嘔心。

再端出來的菜，他完全沒有胃口。突然桌上又出現青江白菜，他心頭的火氣又旺了起來。

大孫仔婚禮的第二天下午，他急著趕回家，可是小孫一直叫嚷著阿公多住幾天。拗不過子孫們的挽留，心中作了最勉強的決定：再住一晚吧！

晚上，小孫子帶他去逛街。整個臺北市籠罩在燈海裡，商業廣告的霓虹燈閃爍著，人車擁擠著，雖然有些提心吊膽，却也雜著幾份新奇。他怕小孫走失，緊緊地牽住小孫的手，其實是小孫生怕阿公會迷路走散。

小孫知道阿公走累了、餓了，於是提議去吃消夜。阿旺伯一時沒弄清楚，小孫補充說：吃點心就是消夜啦！我帶阿公去一家有名的點心店吃！

祖孫倆一坐定，馬上端來兩小碟菜，那是蘿蔔乾煎蛋，還有煮燙的青菜，菜上澆些醬油膏。接著送上兩碗蕃薯簽稀飯，他心中罵道：憨孫，這有甚麼好食？阿公小漢時呷到驚死噢！

他實在太累，雙腳酸痛，回到兒子家草草洗個澡就上床。一想到明天就要回鄉下去，心中舒爽多了。沒幾分鐘工夫，他已沈沈入睡，他已完全聽不到外面的雜音。

×　×　×

一大早就醒來的阿旺伯，怕吵醒兒、媳，獨自坐在客廳裡，等著天亮。

這兩天一直忙碌得沒空與他閑聊家常的媳婦，也起了個大早，她知道阿爸要坐早班車返鄉下。媳婦為他端上幾片土司及蛋包，另加牛奶一杯。他不要牛奶，媳婦為他換了咖啡，他滿嘴發苦，心想：這有甚麼好吃的？肚子沒裝滿就急著趕去車站。

孩子送他坐上莒光快車，在兒孫一片「常來臺北玩」的歡送聲中，車輪開始滑動。他揮手向兒孫道別，心中雖然有些寂愁，但火車離開臺北，進入綠油油的郊野後，他心神頓感爽朗。

返鄉的車，彷彿跑得特別快，才喝兩杯茶水，就到了故鄉的車站。

下車後，等不及客運班車，急忙跳上計程車，他想：少抽幾包菸就付得起車資，這樣大方的想法，連自己都覺得稀奇。

在臺北小住幾日，他覺得很不是滋味，要不是長孫要結婚，實在沒興趣。像是從鳥籠裡被放了出來的小鳥，喜悅掛在他臉上。

回到家，連外套都沒脫下，快快去看他的親人，撫摸著牠的頭部、頸部、腹胴部……怪覺得暖和。牠把頭靠貼在阿旺伯的面頰，擺動著雙角，微仰著耳朵，好像在訴說著甚麼，又像是在靜聽著甚麼，阿旺伯緊緊地抱住牠的頸部，一陣暖流從他的雙頰落在牠的肩峯。

——原載七十五年元月《臺灣月刊》卅七期

田底有金

提起阿水伯，村裡大小無人不知，無人不曉，他的性情非常溫和、勤快，祇要他能幫得上的事兒，從來不知道推辭。親切的微笑時刻留在他臉上，人人敬愛他，尊重他，後來我們都叫他勤和伯。

他家門前左側有棵大樟樹，據說樹齡比他大十幾歲。樹下有幾塊扁平、中央微凹的大石頭，從那被琢磨得平滑光亮的石面看來，就可以曉得村人們臀部的能耐與功力了。

勤和伯很愛講故事，我們也愛聽他「講古」。那棵樹下，一年四季都擁有他的基本聽衆，特別是夏天的夜晚，擠滿著坐姿各異，大小屁股的一堆人。容納不下時，還得從自己家裡帶小板凳來「聽課」。他看到聽衆多，就講得愈來勁兒。

有些故事，叫人全身起疙瘩，毛骨悚然；有時會笑破肚皮，身仰腳翻；有的不一定生動，卻耐人尋味，迷離莫測。村子裡近八十年或稍早以前發生的大小事兒，他如數家珍，聽的叫人很容易上癮，也很佩服他的記性。

先要乾咳兩聲，是他講古前的習慣及開場白，大家早已經有了默契。因此有的進屋去端杯茶水給他，有的遞支菸送到他嘴上，也就成了我們聽課前應有的禮貌。

聽他再次咳嗽一聲，知道故事就要開始，聽慣了他故事的俏皮村童，會搶先說：「古早人講」作爲開場白，不但不傷雅興，也許，那才是象徵老少融通的親切鄉情。

其中有一則是這樣的：

古早，古早，村裡有一位老人，在他臨死前告訴他幾個兒子，說早年因爲怕強盜土匪搶刼，所以在家裡那些田裡，不記得那一塊田底下，埋藏了一堆黃金，因此要他兒子去找找看。

頭一年，幾個兒子都在自己所分到的田地中，認眞地、拼命地挖尋，但是始終找不到。其中一個兒子比較有耐心，每年利用囝仔多（秋收）排乾田水後，繼續翻掘田土，就那樣一年復一年地翻，翻遍了所有田底。

「最後——」勤和伯放大音量，把話停住，喝口茶。

「後來呢？」大家心急著。

「你們自己去想想看！」

大夥兒正著了魔，急待下文時，他不再講下去，叫人又渴望又迷惑又洩氣，如果再吵嚷下去，他就說：以後再告訴你們。

前幾年，他以八十有九之高齡，永別了村人。大人哀念他，小孩思念他。聽說在他壽終正寢前，還不忘講那段「田底有金」的故事給他兩個兒子聽。其實，他兒子年齡都不小了。一個叫阿金，一個叫阿銀，都已經成家。

勤和伯過世不久，他的兒子要分家。在處理祖業時，爲求公道，特別請他們最長輩的宗親阿壽伯來主持。阿金從小嘴巴就很甜，阿壽伯一向喜歡他，雖然如此，但表明以抽籤決定表示公道。看來也只有各憑運氣了。

勤和伯留下來的田地有三甲，中間一條小溪把田地自然地隔成兩大塊。溪東的田地較爲高亢，溪西的較爲平坦而肥沃。兩塊面積相等。阿壽伯徵得阿金哥倆同意，把它分作溪東、溪西來抽籤。議妥後猜拳決定抽籤先後，結果阿銀要先抽。

阿壽伯把捻好的紙籤丟進一個小竹筒裡，另一個有人看見夾在他的指縫裡，可是又不能確定，也許那是香菸頭。等到阿銀用筷子挾出一個紙籤後，阿壽伯手快倒翻竹筒，另一個紙籤就展示衆人面前。

抽籤結果，各得一甲半地。阿銀抽到的自然是溪東區，那是旣缺水又瘠薄的田地，一口池塘就佔去了近五分地。每年稻穀收成要比阿金少三分之一是必然的，如果再遇上乾旱季節，收成就更不必說了。

阿金目睹阿壽伯指縫中瞬間的技巧，祇是心照不宣感恩在心，後來是他太太不小心說溜了嘴，阿銀夫妻事後也略聽一二，但由於相信伯公處事一向公允，因此也沒敢吭一聲，這件事，只有阿壽伯自己最清楚。

阿金進過初中，早年能接受教育的人，在一個莊頭裡人數不很多。他比一般進過學校的人聰明又精靈，所以祇要村裡動筆的差事兒，一定少不了他，後來他被推選擔任村長。

當選村長後，人面逐漸推開，又因公務頻繁，田地就無法細心照料，收成就差了，收成一差，更覺得終日與泥土爲伍的活兒，實在沒有甚麼趣味可言。因此他在鄉間開了一爿小商店，賣起各種日用雜貨品，由於獨門經營，生意相當興隆。他曾幾回想把田地賣掉，又怕引人譏笑責罵不肖子孫，最後，祇好硬著頭皮，繼續耕種那些不很樂意耕作的土地。後來又跟友人合夥經營一間小規模的鑄造廠，頭幾年一切順暢，賺了錢，心更大，剛巧逢上營造事業蓬勃期，他再轉資在營建事業，結果生財飛快，當然農耕對他而言，完完全全失去興趣與信心，既然賣不得，最後乾脆讓田地荒廢下去。

隨著他事業騰達，交友層面亦更加廣闊，他自認自己已經擁有相當程度的氣勢，更認爲金錢使他社會地位升高，講話份量增強了許多，就在這意氣風發的時候，自滿悄悄侵襲他心田，在他沾沾自喜中，禍根逐漸萌芽、滋長了出來。

在「廣結良緣」的活動中，賭博、吃花酒佔了他生活的大部份時間，甚至常以輸錢贏得友誼而津津樂道。結果，原本就相當荒蕪的田地更加任其廢耕。阿銀看到自己長兄把父親留下來的土地，荒廢成那種地步，感到實在過意不去，覺得對不起老祖宗，有天央求阿金把田地交由他代爲耕營，不料，還遭阿金冷言譏語，說他：死心眼，呆頭呆腦。還說：土地就是放著長草，該滾來的黃金，也絕不會滾到別人家門口。阿金所持信條是：設法變更土地用途，田地上蓋房子就變成黃金。

正當阿金財勢高漲時，又出現了一大羣「知己好友」，那些人本來就吃喝玩樂成性的，他們懂得奉承，而阿金就是喜歡別人的稱賞與讚揚，於是在衆多友朋慫恿中，參加基層民意代表競選的意願日漸熾熱。他自信將會扮演「黑馬一匹」雀躍仕途。雖然暗地裡，亦曾衡量過自己，知道自己知名度尙屬單薄，却偏又認定身邊擁有的財勢，正可以彌補知名度不高的缺陷，在那種不健康的意念中，終於投身於選戰。

他調度了不少錢財，聲勢似乎比他自己原先預估的來得好。尤其在造成「氣候」之後，更能滿足那些「舊雨新知」。明知有些錢花在不明不白又不甘願的用途上，可是爲了要當選，而且期待獲得更高票的希慾中，多花些錢，他覺得並不算甚麼。

當選戰進入白熱化後，眼看自己陷於劣勢時，他毫不費力地準備更多鈔票，以便必要時的投注。爲了爭一口氣，爲了達到勝利的指標，他抱著一股傾家蕩產亦在所不惜的心理準備。更何況，還有不少不動產——一甲多田地，好幾幢結構雖然不很堅固，外貌却很耀目的樓房，他有甚麼好顧慮，好擔心的呢？

選戰落幕，他眞的爭得了一口氣，距最高票雖然差一小段，總算以次高票當選了鄉民代表，臉上泛起一陣躊躇滿足的微笑。拖著極度疲憊的身心，迎接賀客盈庭的喜悅，可是他內心裡已經蒙著一層濃厚的愁雲。

當選的喜氣，像風吹一陣般很快地就過去，當妻兒們知道他花費龐大競選經費，生活已陷入捉襟見肘時，好幾夜相擁而泣。之後，幾乎夜夜失眠，他心底淸楚地知道：那絕不是當選的喜慰叫他們失眠的。

不多久，所有不動產遭到抵押、拋售的命運，當選的喜洋洋、熱哄哄的瑞氣，不再停滯在他門庭。眼看自己長兄爲競選而落到那悲慘、落魄的田地，阿銀善盡他最大的可能去接濟兄嫂面臨斷炊之急，他能做到的就是這麼一點心意：那就是自己小倆口在田裡種出來的蔬菜和食米。

阿銀的太太雖然沒念過書，卻很賢淑、明理，在守舊勤儉的家庭中成長的她，對當初分家產事，事後聽到那些流言閑語，心裡雖有些拂然，但始終不願表於言行。她想：即使不太公平，事情都已經過去了那麼多年，有甚麼好計較的？她篤信一句俗語：「一枝草，一點露。」她想：只要自己勤勉節儉，安分守己，天無絕人之路。因此她跟著阿銀感到十分滿足與安全。

也許，阿金在財運高照時，表現於言行的傲氣，給村裡頭父老留下不十分良好的印象。常聽說：阿金的頭，好像被甚麼鉗住似的。現在，突然地軟化了，可是在閭里老少心目中，即使他再軟柔低首，也很難改變對他原先的看法。暗地裡常在譁議，結論是一致的：「應該！不行直路的人，有甚麼好同情的！」因此大家就不太留意他的處境了。而早年那些「知己好友」，也不再出現在他家門口，偶爾，有人影出現，卻都是爲討債而來的。

阿銀夫妻，默默地、辛勤地耕作那原本就不太肥沃的田地。田裡常會缺水，好在那一口池塘可用來蓄水，發揮適時灌溉的效能。由於阿銀知道善加利用，池裡用來養鴨、養魚，鴨的排洩物留在水中肥了魚。池塘堤岸上搭建幾間猪舍，長年飼養五隻母猪及三十來條肉猪，猪糞利用來做有機肥料下田，落實的經營方式，帶給阿銀穩定而牢靠的收益。

最重要的是：原先地力就瘠薄的田地，在他小倆口勤奮的耕耘下，地質也逐漸有了改善，單位面積產量亦提高了許多。明知道父親所說的黃金，不可能藏在田底下，但每年兩季的收成，帶來兩萬多斤的滿倉黃金，確實一點都不虛。

他領悟得出：田地必須深耕、勤耕的道理。

呼吸著，在微風中飄盪的陣陣稻花的清香，他心中洋溢著對現實生活滿足的喜悅，他想及父親臨終前那段「田底有金」的故事，此刻，嚼思起來，格外覺得意味濃郁。

——原載七十五年六月廿六日《臺灣日報》

甘藷

在本省田野間，到處可以看到一種作物——甘藷。它之所以如此普遍地受到同胞們所惜愛、所繫念，當然有它的原因，除了它本身具有堅卓的適應性與活力外，更由於它與本省同胞生靈之接續，有著深遠篤厚的意義。因此，卽使它被人鏟除、遺棄，只要有根、有土，就一定有它。

有人說：臺灣地形酷似甘藷塊根，所以到處可以長著甘藷。對於這種見解，我無法苟同。臺灣跨越亞熱帶與熱帶，絕對適合它成長，加上長久以來它與同胞們建立了無法擺脫、疏隔的一份感情，它的子孫就連綿不絕於斯地。

自我們祖先來臺開始，甘藷就在此地生根。依據史載：在明朝萬曆廿二年間，陳振龍氏自呂宋攜歸，初在福建試種，後漸傳布全國。臺灣栽培甘藷起源，據傳於十六世紀中葉，福建人遷居臺灣時攜來甘藷。一六一六年鄭成功逐出荷蘭人後，明朝遺臣大批來臺，努力開拓疆土，至一八一一年卽遍布全島。

想到甘藷，就有很多刻骨銘心的感觸。特別對五十歲以上的本省同胞來說，看到它，就會勾起一段悲苦、辛酸及湧自內心由衷的思念，那是眞情的流露，旣自然也應該。

臺灣被異族統治半世紀，今天同胞之生命得以衍續，如果沒有它，不知道有多少人，連自己都在無法理解的饑餓與痛苦中喪失生命。也許，那是「飲水思源」的情懷使然。從它的根部到嫩葉，都與本省同胞牢繫著濃厚的感情。

光復前，我家沒有田地，卽使當初有田地的人家，也因爲大半收成要繳給地主或納官稅，所以存糧有限。因此糙米中投下大量甘藷簽、木薯粉塊、青菜煮成稀粥來餬口，也就成了當時多數人家常見的式樣。至于想吃一塊豬肉，那就更難了，因爲每月每人只能配給三台兩的肉，如果家裡有長者健在，所分配的豬肉，是拿去作孝敬阿公、阿媽的「私菜」。配到肥肉時就拿去先炸油，炸過的粕渣再與烏豆醬汁混拌，加些大蒜清蒸，其香味就叫人垂涎三尺。祖輩們看到孫輩的乞食模樣，他們怎能吃得下兒媳們事孝的私菜？但每每看到日本人配給量多出兩倍時，在幼小的心靈中，很自然地會留下憎恨與不平。

記得小時候，每到甘藷收穫季節，大人都催我們小孩去撿拾主人家遺落田間的甘藷。在「出征」之前，耳朵要放得長，才能獲悉誰家在採收，那家比較大方？那家算是小氣，在小小心目中都可以分別得出。所謂大方是指主人家盡收大藷，小藷就不採或丟棄一邊，小氣人家是連小藷根都收得一乾二淨，一個都不肯留下，當然我們就沒啥兒好撿的了。

有一回，隔壁村阿財伯家正在收甘藷，扛著小鋤頭，提著竹籃子，是我們撿拾尋食的基本工具，心想：去撿拾的人愈少愈好，撿拾成績自然亦會提高。沒想到附近村童的「情報」也很精確靈明，幾乎同時間出現好多人，那是因爲我們都把阿財伯列爲比較大方一類的緣故。

撿拾作戰掀起序幕，眼睛要雪亮，動作要敏捷，是發自潛意識的本能反應與知識，否則，祇有掃興而歸，說不定因成績不佳，還會挨家人一頓罵。有一次，遠遠地看到一個大甘藷散落田角一方，連跑帶爬地衝了上去，結果幾個小頭幾乎撞成一堆，我不單沒搶到甘藷，還招來大個子阿扁的幾個拳頭。我哭著跑回家告狀，母親用唾液拈在大拇指上，猛力地推著我頭上突出的「小火山」——腫瘤，我痛透了，祇會哭叫，最後看到母親也哭起來，我才忍痛停止哭泣。如今回想，那該算是童年時期痛苦的記憶之一。

又一次，跑到隔壁進春叔的豬舍裡，拿了他們幾根剛煑好，裝在飼料缸的甘藷充飢，那是準備用來餵豬的。不巧被進春嬸撞見，她把事情張揚了出去，害得我難過好長一陣子，從此被取上「豬仔」的綽號，讓左右鄰居的村童譏笑好久時間，直到我們家搬離之後，才逐漸被人遺忘那不雅的「尊號」。想及當年衣不暖，食不飽，那知道甚麼叫見笑？甚麼是知恥?!

一晃，四十多年，已經成爲過去。

在那段飽受饑苦煎迫的歲月裡，同胞們都曾吃過相當的苦，三餐不繼，是常有的事。因爲尚不知挨餓的日子還要延續多少年，因此每當甘藷收穫季節，看到鄰近農家把採收的甘藷，略經日光曝晒，去泥後連皮細剉成條絲狀，晒乾就成了藷簽，然後小心地收藏起來，以備度過莫可預卜的苦難歲月。甘藷就這樣與本省同胞憂患相連，建立起深厚的情感，而甘藷嫩葉自然也扮演每天賁食、炒食的菜餚。那種粗糲不堪的同水準的生活方式，讓活在那時代的每一位老少同胞，度過相當長的日子，亦烙印了不可抹滅的痛苦回憶。

最不幸的是，在異族蹂躪的末期，亦就是太平洋戰爭日本軍閥在我中國大陸、南太平洋戰場節節失利的時期，臺籍青年壯丁一批又一批被徵去當砲灰，最後連未成年的中學生，草草施予初期軍事訓練之後，提早畢業分發至海防及各軍事基地，擔負起警衞或構築軍防設施等任務。由於糧食生產缺乏人力，田間作業落在婦女身上，生產力及資材極端匱乏的情形下，生活陷於更慘苦的深淵。

最後，戰火直逼臺灣，每天都要領受盟軍飛機密集轟炸的試煉，去作生死賭注的「遊戲」。誰都無法拒絕一天之間，可能實地排演幾場死別的悲劇。不知道甚麼時候，炸彈會落在那一戶不幸人家，每一個人，每一個角落，每一個日日暮暮，都生活在恐怖與不安的威脅中，生命已到了朝不保夕的地步。連原先由于長期充饑而有些憎怨的甘藷、甘藷簽，亦開始無法接應，於是菜脯（蘿蔔干）、菜乾及開水替代了甘藷。但是，菜脯、菜乾之取購談何容易？不是農家那會有菜乾、菜脯？生活完完全全地掉到絕望的谷底。用臺北市及其他大城市的一幢樓房，去交換一隻大鵝的事實風行一時。

那無奈又無助的漫長歲月裡的困苦掙扎，曾叫人絕望、流淚、哀號。但由於忍耐，由於奮鬥，在期待光明的祈冀中，鎮定了精神。亦因此，堅韌的生命終能超越所有憂苦與磨難之上，而從生活自身與歷練中，獲得了求生的、融通的智慧與本領。

渴望的日子，終於奇蹟般出現！雖然是意料中事，却不敢作早來的奢望。

民國卅四年中秋前夕，日本本土廣島及九州長崎，嚐味到威力空前的原子彈洗刼之後，日本天皇裕仁豎起了白旗，向盟軍宣佈接受無條件投降。少數日本軍人切腹自殺，有者垂頭喪氣，跟同胞們雀躍萬分，恰成強烈的對比。在臺的許多日本人，雖然喜色不敢表於言行，看得出、猜得出他們心中有一份厭戰心態。

臺灣掙脫了異族五十年桎梏的枷鎖，榮歸祖國的懷抱。在歡呼聲中迎接勝利，呼吸自由的空氣，品嚐到民主花朵結出的甜美果實，那是同胞以無數的生命犧牲，以無法計量的血汗換來的代價。

而所有流汗淌淚的日子都過去了。當種種苦澀，已化成唇邊雲淡風輕的一朵微笑時，或許，那該是期待已久的收穫的時刻了吧！艱忍之所以能回甘，艱忍之中，艱忍之後，所以能換得一絲甘美的感受，那是因爲我們大家都曾經盡心地、辛勤地耕耘了人生。那是以堅忍不移的信心，克服了無數挫折、黑暗與悲慟的日子，贏得的珍貴果實，亦是同胞們對於自己人生已俯仰無愧的緣故。從這個層面去思量，我們可以深切地領會得出，本省同胞對生活擁有如此寬大的包容，如此高度的耐心與勤儉的美德。亦由此更應該會領悟祇有秉持一顆不屈不移的信念，勇往直前、奮發向上的共識，才有權利去迎接光明的來臨！品享富裕祥泰的成果！

也許，因爲甘藷並不顯眼，許多人對它根本不屑一顧。畢竟，在已逝的年代裡，它雖然一度是窮苦人家，或說絕大多數同胞賴以維生的主食。而在今天這繁榮富庶的現代社會中，在緊張又忙碌地一心追求物質生活享受的人們來說，誰也無意、也無暇去細品它樸實之美，更不願聯想起貧苦、悲慘的過去。因此它逐漸地被淡忘，也可能從根本上排斥它，認爲它難登雅堂。

前些日子，幾位曾經患難與共的友人來舍閒聊，話題自然是先談過去，然後才轉到現在，我們有一絲難以名狀的苦楚與感觸埋在心頭。

沒有哭過長夜的人，不足語人生。我想：我們是流過淚的人，吞够滿腹淚水的人。經過四十年來的努力，今天我們確實得到許多從未得到，未敢奢求的生活享受。昔日，我與許多人一樣，曾經羨慕、憧憬着能住進高樓大廈，現在亦差不多能如願得償，可是最近有人想搬回鄉村、搬到山上去住了。過去吃膩了的靑菜、魚干、豆豉與醬菜、甘蔗心（住中南部的朋友說是以前常吃，北部人沒有吃過），如今竟然成了筵席上的名菜。我之所以感到迷惑的是：我們同胞努力了數十年，夢寐以求的事，都一一成眞，眞不知道最後想要得到甚麼？四十年前常見的木板屋、土角平房，現在有人叫它是別墅；以前三餐只配靑菜、醬菜，現代文明人說：這樣才不會膽固醇過高，才能活得長命。

這一切是否因厭倦了都市生活？是否因爲遠離了田野、泥土之後，才猛然回味起泥土可愛的芳香？或許，有人認爲這是風水輪轉，亦不妨讓它一轉。好讓現代文明人同胞，吃點兒苦頭，喝些苦水，才知道甚麼叫做苦，才會珍惜、滿足當今富裕舒適的生活。我打從心裡沒有這意念，更不想讓自己子女，眞的回到四十年前自己所處的生活方式，我們都無意嫉妒這一代幸福的子女，天底下，大概找不出會憎怨子女成就與幸福的父母。讓子女快樂與幸福，本是老一輩的我們所追求、所努力的，當然人人都知福，才能納福，人人都有義務珍惜這份得之不易的成果，自然有權利更奮發、更樂觀地對個人家庭、國家社會貢獻更多的愛心與關懷，締造更美好的未來。最要緊的是讓我們子孫們在追求理想與幸福的路途中，引向、善導他（她）們，應該怎麼走，怎麼做，這是我們爲人父母者的責任，是義務，亦是權利！

經過人生旅程的幾番風雨之後，生命已跨過五個鷄年的我，雖不敢自詡對人間世相洞察細微，但也能逐漸領悟到所有浮華不實、虛飾巧詐之後，土裏土氣的事物，也有它可愛、可親、可吻之處。其中的純樸、笨拙而安於本性的理直氣壯，對於疲憊空虛的心靈來說，確是一種莫大的安撫與滋潤。

我常低首思維：在這廣大而迷茫的世界裡，人要維持本性，安於本性，保有那一點赤子之耿直與眞誠，是何等不容易的事。有些時候，爲了滿足自我的、自欺的荒謬理由，甚至爲了我們所不能了解的某些原因，就在這浮華匆忙而複雜的世界裡遠離了，淹沒了，再也尋找不到以前的自己。精神上的墮落，使我們回顧無依，迷失徘徊，徬徨飄異，但在心田深處，我們依然嚮往着獲得一處歸眞返璞的清純境地。渴望得到眞正的輕鬆和自由，呼吸一口來自遠處原野的淳厚樸實的氣息。

而當所有虛矯不實的東西都失却的時刻，驀然回頭，燈火闌珊，繁榮浮華之處，眞實地能感動我們，撫慰我們，使我們欣喜與流淚的，不是權勢浮名，不是榮華虛利，而應該是來自純樸的淨地、來自鄉野泥土中、來自記憶深處久違的親切呼喚，以及湧自內心的那一丁點感動與情懷吧！

如今，在市面上偶而看到烤甘藷叫賣的小販，或挑售甘藷嫩葉的鄉婦，心頭便跳出親切之眞情。我不介意別人將會投注什麼樣的眼光，我常揀購些回來，細細地品嚐它疏落已久，近於陌生的樸實之美。我開始深深地瞭解「繁華落盡見純眞」的眞諦。最近，在自己書房裡，寫了一對聯：書田粟菽皆眞味；心地芝蘭有異香。用以自策自惕，亦可作爲淬勵子女。

甘藷與我，有這樣一段甩不掉的、可歌可泣的「情史」，我尋遍了故鄉好多戶農家之後，終於搜集了昔日頗孚盛名的七十日早、五斤種、紅心尾仔、台農卅一號等品種，小心地、勤愼地種在宿舍後院裡，單純地、眞摯地作懷舊的情抒與自足。

酷熱的夏季遠去了，寒冷的冬季卽將來襲，它將接受相當長時間風霜的磨練與考驗，但我確信：它可以忍受，它可以等待，因爲春天一定會來臨，就要來臨了！

——獲行政院文化建設委員會、《中央日報》主辦「千萬讀者百萬徵文」散文獎佳作，
原載七十五年十一月三日

我的母親

世界上偉大的人並不多，我的母親算是少數偉人中的一位，她雖然沒有受過甚麼教育，但卻是一位溫良、明理而又勤奮的好母親。

我十三歲那年，父親作古。在他過世前一兩年，家裡經常堆置著不少不知名的藥材，那都是父親的專用藥品。自從父親病倒之後，母親就肩負起家計重擔，每天一大早起床，在拂曉前就忙著準備孩子們上學的一切，然後急著腳步趕去距家約有八公里路程的煤礦區挑煤。每日所得雖然是區區小數，但對於我家來說卻是賴以生存的主要收入。

不論天晴或天雨，黃昏時刻，母親的身影從遠處田野小徑上出現時，我覺察得出，她的腳步是沉重的、疲憊的，可是當她聽到我們的呼喊聲，立刻就變成輕快的步伐，微笑著踏入家門。

長時間來，看著每日出現在暮色中的身影，我的心早已經碎了，無法名狀的感激與歉意的淚水，每天定時在我雙頰滑落。

我常暗自怨恨上蒼，爲甚麼？爲甚麼要這樣折磨我母親？不知道有多少次我痛痛地搥打自己的頭，狠狠地敲擊自己心胸，父親無情的留下沉重的包袱，讓母親來承受，實在太殘忍、太艱辛，而我們兄弟卻無憂而自私的念書。

我開始整天陷入痛苦的沉思中，一股設法早日擺脫精神壓力的衝動與輟學謀職的慾念，不時在我腦海裡翻騰。於是我認眞地考慮過：初中畢業是我分擔母親重擔的時候，因爲初中畢業在當時，想找一份工作是不必費力的。

由於工作的需要，我返校申請臨時畢業證明書，不巧遇到導師，老師對我的想法與決定大不以爲然，他苦勸我：要事孝的方式很多，要分擔家計亦不急於一時。結果勸我、資助我再念高中。書是念了，可是念得很痛苦，每每想到母親擔擔重力中的沉重腳步，就覺得我與書本扯不上關係。

記得高一學年成績單上，竟有三點紅的記錄，我不但不憂傷，反而十分開心，因爲可以藉補考的機會，向母親表達自己的愚笨。可是母親的想法與勸勉，使我大大地失望，她說：「補考、落第都無甚麼好見笑！最見笑的是：不知求上進的人！你阿爸死去太早，但我再怎麼辛苦、折磨，也要好好培養囝仔讀册！」

母親的每一個字，每句話，深深地、牢牢地銘刻在心田，像是給我打了一針強心劑。從那次補考過關後，我知道該用心念書，上了高二之後，在師長的鼓舞、母親的再三叮嚀中，每學期領得一份清寒優秀獎學金到畢業。獎助學金雖然只有幾十塊，對當時困窮境遇的我來說，卻是解決學雜費的可愛金額了。

在那一段苦澀的日子裡，我從沒有聽過母親的一句怨嘆聲。每天三餐中的早晚餐，必定在少得不能再少的糙米中，投入大量的青菜或甘藷簽煮成一鍋稀粥。但是中午三兄弟的飯盒，在我們來說，已經是相當豐富的，米飯亦白得很多。因爲飯盒裡，裝滿著母親肩上、身上以汗珠換來的食物。記得當時，家裡飼養了幾隻羽毛不太豐潤的母鷄和菜鴨，雖然斷斷續續地產下幾枚蛋，而那些蛋，有時候是用來變換日常用品或魚干、豆腐干的交易品。聽母親說：生蛋的鷄鴨餵飼鮮魚就會多下蛋。我常利用空暇時間到田溝裡，捉些小魚蝦來飼養牠們。母親爲了增加三個孩子的中餐菜量，常在一個蛋中加上不少切細的蘿蔔乾及木薯粉。年幼無知的弟弟們，偶而會有不悅表情，我會給他們最難看的臉色。其實，我領會得出母親已經盡了心，努力地在設法改變孩子們午餐的菜樣，因爲變化不出，使她十分焦急與痛苦，我感到比她更痛苦。

母親爲了我們，付出的太多、太多了。我們永遠無法丈量她的苦心與情澤。爲了我們，她長年堅守中國婦女的傳統名節，從一位依偎男性的平常婦女，堅強地支撐著一家生計，並且耐心地培養著子女。我從沒有看過母親放棄母職一日，撫育子女已成了她生活目標中最重要的一部分，就如同她堅守著祖父遺留下來的幾塊田地，不讓它荒廢，辛勤耕耘一樣地認眞、細微。

母親節前夕，亦是她八秩晉一壽誕，兄弟們獻給她一束燦麗的康乃馨，她說：含飴弄孫的樂趣，比花更香，比壽糕更甜。

——炬光模範母親徵文入選，載於七十五年五月九日《大華晚報》

報應

當簡老太太的死訊，傳到全村各角落的時候，老一輩的鄰居親友，都主動過去探望，他(她)們一方面是去安慰遺族，二方面是爲協助辦理後事去的。男人們找好同姓的十幾個壯丁，進城去擡運棺木；有的去擇日；有的去找「風水」，構築墓地。婦女們，也忙著縫製麻裳、壽裙、壽鞋、洗碗盤、下厨的……各有所長，各有所司。

幾十年來，祇要村子裡有甚麼婚喪喜慶，他們都把自家瑣事拋在一旁，主動的相約去幫忙、照料，這種守望相助的習俗，相衍了好幾代人。從他們的早一輩傳到現在的老一輩；現在的晚輩們，又從老一輩那兒，學習傳授各項禮俗及處事方法。

三年前，簡老婆婆不幸中風，就變成半身不遂，以後的日子，很少看她出現在家門口。在她身體硬朗的時候，是位閑不住的人，　那家孩兒冒犯鬼神，必然找她免費「收驚」；那家夫妻吵架、失和，就要她過去說說勸勸的。任何事彷彿有她一出面，天下就太平、安定了。

在她病倒後，閭里鄉親不斷地探望她，買些水果啦，包點兒小紅包啦，去安慰她，祝福她早日康復。在村裡老少的心目中，她佔著相當的份量，因爲大家公認她是位最疼惜大小，最仁慈的好阿婆。因此，崇敬、尊重都屬於她。

聽說，她十八歲那年，在「送做堆」的舊式婚俗中與簡老先生結爲夫妻。最初幾年感情不惡。後來，簡老先生出外「討呷」，在外頭有了「細姨」之後，就很少回家，所以鄰居們對簡老先生的印象都不好。還常替簡老阿婆抱不平，在暗地裡常罵他「孬尪」（不知福的丈夫）。可是，每當有人批評簡老先生的不是，她不但對丈夫沒半句怨言與記恨，還嘲笑自己是隻「生不出蛋的鷄」。

她沒爲簡老先生傳衍後嗣，大概是她一生中最感遺憾與不安的事。因此，早年抱個女嬰來養育，名叫玉女。隔了兩年，又領養一個女孩，取名招治（招弟之意）。幾年後仍沒有招弟預兆，乾脆就抱個男嬰萬得回來。簡家種種，左右鄰舍本來都不太清楚，要不是在閑聊中簡老婆婆親口說出來，誰也不知道那些事，因爲看不出簡家子女不是她親生的。

她的後事就在鄰居好友分工合作下就緒，在庭外搭建的帳蓬裡，道士爲她超渡、引魂，有鑼鼓聲，有忙著照拂工作的叫嚷聲，也許稍嫌嘈亂，卻也爲簡阿婆身後增添了一份哀榮，那該說是鄉親們悼念她最好的寫照了。

有人高喊著女兒回來了，一位身材肥胖的中年婦女，從距離喪家約莫二十公尺的路上，跪著爬起來，一面跪爬著，一面哀泣著進來，原來是她的大養女玉女。

她進了門，先是哭叫一陣，然後擦拭掉臉上分不淸是淚水還是汗水，再把一大杯冷水直倒進喉管裡，撥動著扇子，面對正忙著裁剪、縫製麻裳的鄰居們說：「令大家知莫？阮阿姆有三萬塊手尾錢（人死後留存的錢）哩!?」

忙成一團的親朋，誰也無心留意她的言語，因爲厝內、厝外都是震耳的鑼鼓聲，他（她）們有話想交換，都要把嘴巴貼靠對方耳邊。

好不容易等到鑼鼓聲停歇的片刻，她一口氣道出來：「阮阿姆有三萬塊手尾錢，伊講給我壹萬元！」來不及換氣，又說：「在生，伊最疼我大漢後生阿寶，所以有講起分給大孫壹萬塊，另外壹萬元交待給萬得。」

喪母的哀慟，加上有好幾十夜伺候在病床邊，極度疲憊的萬得，對大姊玉女的話沒有甚麼反應，這叫她感到十分失望與意外。

正忙著縫剪麻裳的婦女們，幾乎同時間停下縫紉的手。阿金婆尖銳的聲音與人影，突然從另一角落出現。

「哼！阮這老阿婆最不愛管人閑仔事！」接着：「你加里（自己）愛宰好歹，令阿姆敢有對你孬，好眞像親生查某囝看待你，你無看著你弟婦仔拖病照顧令阿姆？你敢有良心!?」阿金婆全身在猛烈地發抖。

一旁的婦女趕緊扶著阿金婆到房裡，她嘴裡不停地叫著：「道理不平，氣死閑人啦！」鼓吹、鑼鼓又響起，玉女嘴裡也嘀咕著，不知道說些甚麼。

道士叫喊喪家子孫統統過去，準備爲簡老婆婆護魂上仙堂，道士要哀家子孫多準備些銅幣，說是愈多愈好，因爲魂過「奈何橋」需要過橋錢。接著，哀子捧著靈帛，兒女子孫跟在口中念念有詞兒的道士後頭，每繞半圈或一圈，就要把銅板丢進道士備妥的圓缽中，繞過幾圈後，道士呷了一口茶水說：「簡老媽已經順利過橋了，靈魂已直登極樂天國了。」

簡老婆婆的後事，總算圓滿料理完畢，唯一讓親戚鄰居們感到不平的，就是玉女開口要她阿母省吃省用的手尾錢。如果可以由鄰居親朋來決定，那些錢是該留給萬得才公平的，因爲他子女多，單靠他一人小本生意賺來的血汗錢，原本已經清苦的生活，加上長期付出醫藥費，早累壞了他倆夫妻。雖說，久病無孝子，但從沒有看過他們小倆口，有甚麼地方不孝，大家受他倆的孝心所感動，對他的遭遇也寄予同情與關切。

人死後第二十一日叫做「三七」，習俗亦叫「查某囝仔七」。請來道士誦經好過王關，而所有準備的祭品牲禮及其他開銷，依習俗該由女兒支付、分攤。

兩位養女都如期回來，這趟回來不必跪爬著進門，但不知怎的，玉女頭上包著厚厚的紗布，上面還沾著血斑。

「三七過王」的儀式告了段落，簡家又恢復平靜。

「萬得仔，頂次你不是講阿姆手尾錢，作三七了後要提出來分？」玉女擦著用過餐的嘴巴。

「……」萬得沒作聲，心想大姊既然開口，也就準備進房去取錢。

「阿姊，我倆是已經嫁出去的人，那好意思分阿姆手尾錢？阿姆已經給我倆人眞多嫁粧啦！」招治赧著臉說。

「你在目赤是嗎!?」玉女狠狠地回一句。

招治不想理睬，移動腳步走避，在庭裡歇腳的鄰居，聽到屋裡傳來的高調聲音，伸頭望望動靜，當他們明白事情之後，直搖頭，因爲從來沒碰過這種難於理解的事。

「玉女，你加里愛宰，你頭殼無緣無故去撞破一大孔!?」阿金婆又從人堆中鑽出來，左手插腰，右手指著玉女的頭。

「令大家攏不宰，送出山後一日，伊踏入伊喲厝，就去撞到門斗，頭殼弄破一大孔，伊阿姆死目不願瞌啦！」

阿金婆拉開大嗓門，有意宣佈新鮮趣聞，別看她年紀大，耳朵長得很遠、很靈光，四方鄉里，遠遠近近的大小事兒，都逃不過她耳朵。

經她這一吼，大家焦點才集中在玉女頭上，但看不出她有甚麼「接觸不良」，她右腿蹺在左腿上，神情自在，坐姿不雅。

「不管你大家安怎想，安怎講，這是阮厝內事，阮阿姆親嘴講出的話，外人免管閑仔事！」

「實在眞無良心，眞莫知見笑，莫知好歹的查某！」阿金婆對她無奈，周圍的人只有乾瞪眼的份兒。

「伊阿姆，人都死去呀，誰知伊阿姆有講莫？」阿土嫂無意中脫口說了一句。平時她不愛講話，她丈夫常罵她不會講話就不要講，說不講話別人不會笑她啞巴。可是話既已溜出嘴，已收不回來了，只好擔心地伸一下舌頭。

「對！對！阿土嫂講起眞對，在阮表嬸靈前卜三杯，問伊都宰嘛！」一位親戚提出意見。

「對！眞對！」厝內一陣回響。

「哼！講實啦，阮玉女莫看一絲仔錢了！不給就算啦，何必大聲小怪。」

在衆人面前，爲厝內小事丢人現眼，已感到難爲情的萬得，從房裡取出兩疊百元鈔票，看到他手上的東西，玉女遲疑了一下，停下腳步。

「阿姊，請你拿去，我一定照阿姆交待的話去做，我會打拼去還債！」

玉女從萬得手上接了錢，頭沒回，眞的拿着走了。

「哼！拿得到，看得到，莫一定得喲到！實在眞無伊法度，開天地頭一回看到這款人。」

在場親友，不平地瞪著她的背影，邊指責，邊搖頭。

簡老婆婆死後百日，阿金婆在村頭廟前跟人閑聊，她說：「我不是講過，一個人該得的，就可以得，不好得、不該得的，絕對不好去強得。你看！玉女得到伊阿姆手尾錢，結果去送給醫生用，伊喲頭殼強強要爛去囉。」

接著說：「世間想不到的事卡多咧，總講一句，人要有良心，要講道理，古早人講：人在做，天在看。人講一種米，飼百種人，實在眞有影。」

廟前男女聽衆，報以微笑、點頭，表示著完全同意阿金婆的看法與說法。

已經忙過屘仔多（二期稻作）後的廟口，比平常日子更熱鬧，大人們悠閑地聊著，孩童們穿梭在廟前廟後，玩著各種遊戲。

一堆人把話題轉向隔壁村的空仔山，週前他才把親生女兒，嫁給與他年齡相若的富商做細姨，拿了人家三十萬聘金，歡喜還留在心頭，陡地，心臟病發作，死在菜園。

一夥兒正談得起勁時，從市區賣完菜回來的阿清說：「在市仔碰到玉女的丈夫，聽伊講，玉女入院開刀，講起甚麼病菌，入去伊頭殼底，已經用去五、六萬塊還沒准過……。」

雖然，沒有談笑聲，但也看不出大家臉上有甚麼驚異表情，祇聽到好多回音：「報應啦！這叫做報應！」

——原載七十五年十二月四日《自由日報》

雨過天青

學校放了暑假，明良正在返鄉的車上。爲了驅散車程上的空虛，隨意翻翻手上的書籍，但沒有留下甚麼印象。歸鄉心情的歡悅，加上窗外誘人的景色，分散了他想利用時間看書的興致。

一片金黃的稻田，在炎陽下閃爍著悅目的光麗，農人們正忙著割稻。

家裡該是最忙碌的時候了，他想。一想到家，巴望立即長雙翅膀，快快飛到家中分擔些莊稼事。

無法瞭解返鄉人情切的火車，拖著一條巨龍似的車廂，緩緩向南行駛。期考過後有些疲倦的他，把背部傾靠座椅，試圖閉目養神。

後座聚集成一堆的乘客，以無視他人存在的豪放心情，正熱鬧地談論一位老農，爲了半打愛讀書的子女教育費，四處奔走借貸的經過。言笑裡，把老農視作天底下大傻瓜似的一個父親。聽到那些譏諷，叫他聯想起家鄉許多有趣的往事。

記得——

那年夏天，大學聯考放榜了，家裡好像中了甚麼大獎似的，有好幾天阿爸沒下田，爲了接待前來道賀的鄉親，顯得格外忙碌。

從那時候開始，阿爸每天晚餐後就到廟口報到，難得一份淸心跟人閒聊、喝茶。高興起來，還會拉著胡琴，唱一段扣人心弦的山歌與人同樂。

「大家不好看輕戇財仔，伊好狗運生著一位小戇財，但是小戇財莫戇呆，一聲考到臺灣大學，叫做甚麼……甚麼經濟系。」

「人講天公疼戇人，實在眞有理咧！」

「有拜有保庇，歹竹出好筍……」

你一句、他一句的，似乎可用的譏笑，都加諸在他阿爸的身上，叫明良感到難堪。可是心想，老一輩的叔伯們，除了消遣一下別人，博得一陣歡笑外，實在亦沒有甚麼惡意，誰叫自己阿爸平日那般戇厚，那樣老實，想到這層，他心中興起一陣認命的情緒——戇呆就戇呆，也能！

村頭那一座觀音媽廟，已經有一百多年歷史，廟前的大榕樹，據說與廟同時誕生，古榕下，是村裡老一輩人休憩、談論事情的集會所，有趣的見聞都自大樹下流瀉出去。

大人們似乎永遠有談不完的事，想到甚麼，就談甚麼，談論不一定要有甚麼結論，純粹打發時間，是他們的傳統。

王家孩子進城發了大財，李家媳婦怎麼個孝順……連隔壁村黃家的母猪生了隻怪胎，也會引起一場不小的爭論。當然鄉下農村子弟考上大學的佳訊，掀起一陣強烈的震撼，也是極其自然的事。

喧嚷一陣後，話題又轉到觀音媽廟建醮祈安的盛事，輪到「爐主」的阿春，請來一隊戲班助興，結果導致了老、壯兩代一番爭議。

「㺐阿春，㺐甲有春（瘋狂得有餘），叫一陣㺐人來做㺐戲！幹！眞無意思！」

「不好好演歌仔戲，叫那陣㺐人來插花仔，叫做甚麼現代戲？眞無意思！」

「做戲查某囡仔眞不驚見笑，肚臍走出來看人，裝像妖精，莫宰像甚麼體統？」

「時代進步了，這叫做流行嘛，不好太古板啦！」

「叫甚麼流行？教歹囝仔大小是有啦！」

「總講一句，眞無體統就是了。」

一場舌戰就這樣收場，亦算結論。

論見聞、談知識，他們自己也知道，實在有限，遇到甚麼事，完全靠直覺去判斷是非好壞。不高興起來就啐口痰罵幾句用慣了的三字經，也不必擔心誰會來找麻煩。如果碰到不中聽、不合意的話，脖子即刻會變粗，但很快又能恢復平常。高興事來，笑得咳嗽個不停，連胃腸裡的食物幾乎都快翻騰出來，還要笑個痛快，那份率直、戆厚的談吐，才是一種鄉氣的過癮。

以前，他在家裡最常聽到阿爸說：「打拼讀册，才有出頭天的一天！」那是他父親常掛在嘴上的「庭訓」了。因此，想去田間幫忙的他，常常被父親趕回去讀書。

到了念高中、念大學之後，每次寒暑假回到家，很想讓父母好好輕鬆一下筋骨。可是勤勞成性的父親，不是忙著田間工作；要不，就是利用雨天修補破損的農具，每一個日子都不肯輕易放過似的；他母親也是閒不住的人，空著手對她來說，比甚麼都痛苦，不是忙著清理家前屋後，不然，就是補補縫縫的。裡裡外外整理得乾乾淨淨的，難怪村人們都叫她：「全莊頭是最愛清氣（乾淨）的查某人。」

一下車，明良先是深深吸口故鄉芳香的空氣，路過廟前，看到村人在古榕下聚成一堆，高出別人兩個頭的阿爸也在人群中，其中有一張熟悉卻不常見的面孔，原來是鄉農會楊指導員。

明良的父親原本就黝黑的面頰，在陽光下顯得更烏亮，皺紋亦更加明晰，此際臉更是通紅得像關公。在他臉上看不出因孩子返鄉的喜悅表情，這是明良在下車之前，絕對想像不到的。直覺告訴他，發生了不尋常的事，因爲在白晝村人聚集的場面是罕見的，除非要迎神或外頭戲班來演戲。

「幹！免講啦！政府叫人轉作，講甚麼轉種雜糧，會訂甚麼……甚麼保……保證價格？好咧！一聲滿園的蕃麥（玉米）總土去啦！」阿木叔衝向楊指導員吼嚷，音調與臉色完全失去平日的溫和，情急之下，口齒亦顯得不太靈光。

「阮宅蓄麥，落這兩陣大雨，強強要發堆（發霉）囉。」聽到他父親一句慍怨。

「敢是做田人卡好講!?」

「官廳敢講白賊話騙百姓？」

「……」

「安啦！政府講得到，絕對做得到。」蟬聯幾屆農事小組長的陳村長安撫著大家，有意打圓場，楊指導員再三說明，因總幹事出國考察，加上倉儲量有限，一時難以調度的苦衷，並且保證近日內儘快完成收購作業。

「敢有影？」

「近日中？腳倉咧，敢有可能？」

不很融洽的氣氛籠罩樹冠下，空氣有些凝重，明良這才想起前些日子電視報導南部少數鄉鎮，收購作業遲緩、拖宕的消息，竟然就發生在自己家鄉。

他有些惘然，廟口距家路程並不遠，可是這趟，他感到特別遙遠。

回到家，看到母親獨自坐在曬場邊的大石頭上，望著滿場的玉米，神情十分凝沉，聽到他的叫喊，愁雲突然消散。

不到一刻鐘，父親回來了。雙眼無神，身軀不穩，擺動雙臂嘰咕兩聲就躺在木床上。在明良記憶裡，從來沒見過他阿爸那樣沉重、冷漠的表情，儘管田裡工作再忙、再累，亦從沒有過不悅的表情。一向不善言笑的阿爸，如果碰上村裡人家甚麼喜慶，偶而多貪兩杯，還會一路哼著山歌回家。

「令阿爸心情莫好，伊啯伊喲，你先呷。」母親在一旁催促他多吃菜，好補補營養。可是，明良的味覺突然失靈，原想利用假期回來，好好幫助家事，也輪不到他，勤奮的雙親，早把該做的統統做完了。

明良心情鬱悶，信步走到屋後的山崗，想清理一下零亂的思緒。

展現眼前的一片山河、田疇，是他朝夕懷念的故鄉，「昔之影像」立卽映現眼前。

記得，過去常站在這山崗上，望著柔和的晨曦，肆無忌憚地伸出大手，擁抱故鄉的大地，田地上孕育著家鄉許多子孫的生靈。長久以來，鄉親老少秉承他們祖先傳統精神，安於樸實、勤勉的生活方式，勞其筋骨，淌其血汗，向大地索求溫飽的信仰，忠忠實實地做一個大地的耕耘者。

在豐收的季節裡，看過鄉親們歡愉聲中，蘊含著熱淚。

亦曾見過天候不順時，他們仍付出一片愛心，全力耕作。

遇到歉收時，忍受著刻苦節儉替代認命的悲壯，渡過艱難歲月。

一向安於滿足的鄉親，日常生活的喜憂，似乎都與鄉土緊緊地牽連著，他們的情感，深深地攪拌在每粒土壤中。

年少時日，常跟在父母身後上山去採收果實，然後把一擔擔金黃的芒果挑下山，商人在家門前急著裝運，等裝滿了一車，就完成了交易。

來不及擦拭滿臉汗水的父親，用那粗短的手指，啐口唾液，仔細又遲慢的張張數點著鈔票時，就讀商校的大姊急忙接手驗點，父母卻又擔心她速度太快，會短少似的。等到商人走了，倒杯清涼的苦草茶灌進肚裡，再三驗點不誤後，才肯放下心來休息。那幅進財的喜悅，縱令再資深的雕刻家，大概亦很難雕琢得出那蘊蓄在內心的喜樂神態。

然而，好景不常，曾經看到山下的溪流上，漂浮著許多金黃的果實，任其漂流、腐蝕，帶著故鄉農人們無痕的哀怨，漂向大海。

面對那景象，怎不叫人傷心揮淚，心慌意亂，他祈求上蒼賜予憐憫，但是上天無奈，叫地，地亦無助。最後，祇有融入命運的自撫與自憐。

對大地，他這樣讚美過：大地像似一張稿紙，農民是在上面流著血汗，揮灑詩章的作者。整地、播種，是逗點；在施肥、灌溉時，記下頓號；挑著滿筐收成時，該是詩篇裡最後圈上的飽滿的句點。世間再沒有比這更令人動容仰慕的作品了。

可是，農民們在辛勤寫作時，亦會出現感歎號，也許有問號。遇到風不調、雨不順的季節，在不到完全失敗之前，他們傾注全力保育農作物所付出的情懷與堅持，該是多麼令人肅然起敬！

等到最後，面對無情、殘酷的歉收事實，扛著空晃的籮筐，無力又無助地走在田埂上的那份憂傷與意亂，不正像是一位作者在無法下筆的焦慮窘態？一旦失去土地依恃的那種悲悽與空虛，就算是再好、再勤勉的農人，也都會變成渺小的、單薄的、無力的，彷若一任命運擺弄的無告者。

期待收成，欣見豐收的今天，農人們爲甚麼還要憂傷？難道他們是天生善感的一群？如果說，天候反常而不能收成或沒有收成，固然是件傷心事，但他們仍然會抱著盡心力而聽天由命的彼此撫慰中，逐漸收斂憂怨，揮去哀傷。他們永遠不會放棄再播種、再耕耘、再打拼的信念。祇是因收成過剩或可避免無謂虧損的其他理由，必須拋棄他們心血的結晶，那才是最大、最痛楚的打擊。

思緒未及理清，烏雲佈滿天空，頃刻間，雷鳴滾滾，電光閃閃，遠山近樹瞬間由亮綠遽變爲一片黯綠，天地昏暗似回到宇宙初創時的渾沌。

明良飛奔下山，回家幫助收拾曬穀場的玉米。喝多了悶酒還在醉鄉的父親，被屋頂上急促的雨打聲驚醒，來不及穿著雨衣，趕緊加入收堆、覆蓋的作業。他全身濕透，滿臉水珠，分不清是雨水、汗水或淚水，他喃喃自語著：「西北雨會很快過去，希望明仔後日農會快派人來收購。」

明良看到他母親把斗笠壓得低低的，兩顆晶亮的淚珠差點兒沒掉下來。

收畢玉米，正想坐下來喘口氣，鬆一下筋骨，厝前突然出現一個人影。

「好消息噢，明仔早農會要派車來收蕃麥囉！袋仔愛準備好，裝好勢（裝妥）！」陳村長沒歇腳，旋風一般，車聲與人影同時消失在暮靄裡。

雨後清新的廟前，又聚集了一堆人，滿弦的月，正浮出山頂上，大地靜穆地沐浴月色裡，老榕下又掀起一陣熱潮，有談笑聲、胡琴聲，明良陪著母親在曬穀場上乘涼，老遠就聽得出隨風飄入耳邊熟悉的歌聲、琴聲。

天是晴了，碧澄如洗的蒼穹上沒半朵雲，但是明良心中卻有一塊一時難予揮散的烏雲，想到午間廟口那場尷尬不安的場面，他心中猶有餘悸，可是，短短幾小時後，意外地出現喜訊，不正像是午後天氣，在烏雲密佈，滾滾雷動後，來個雨後天晴，他感到非常費解。爲了維護農民合理利潤，政府付出了太多的苦心，然而卻祇因單純的人爲怠慢，執行上的疏忽與失調，引發那不必要的困擾與爭執，總是件遺憾的事。

夜深了，露亦重了，田野裡蛙蟲的演奏會已接近尾聲，山歌聲由遠漸近，在月光下，他看到一朵善解心意的笑靨浮在母親臉上，亦笑散了他瘀積心頭的烏雲。

——原載《桃農月刊》七十五年十一月號

留下一頁燦麗

常聽說：回憶總是甜美的。每一個人一生當中或多或少有他值得回味的往事。對我來說：苦澀的日子多於歡愉，有甚麼好回首品味呢？如果說沒有，這不等於曝了光的空白膠卷，虛度一生。我祇有一件事值得表於書面，那就是曾經到過很少有人去過，或說不願意去的地方——「黑暗大陸」非洲。

我不愛沉醉過去，畢竟過去已經成爲歷史，離我遠去。在忙忙碌碌的現實環境裡，有許多事物需要不斷接觸，去適應、去學習、去充實，甚至還需要去掙扎，那有餘暇老擁抱回憶生活呢？

難免有些時候，親朋詢及過去在國外援助友邦農業技術的情況，更由于個人職業上的關係，有時向學生介紹、說明世界各國的地理位置、氣候環境及農業生產概況，因此，自然地就會提到非洲。

我一生平淡，有了赴國外協助友邦農業技術的那段經歷，才讓我驕傲，才叫我享受一生僅有的甘美。因為我做了自己可以做、應該做，而且對個人、對國家，亦對世人提供了一份做為現代人應盡的力量。幸而有了那段閱歷，在我平凡的一生歲月裡，平添一件可歌的紀事，增添了一份堪稱燦麗生動的風采。

算來已經是十多年前的往事了。

民國五十五年七月，我接到外交部與經濟部的一項派令，任命我擔任駐剛果民主共和國農耕隊農藝技師職務。學農的人會有機會出國，簡直是不敢奢望的新鮮幻想。在未接獲派令前一年，我曾在中非技術合作委員會（設於臺北基隆路二段）服務，指導來自非洲地區農業技術人員訓練工作。大概是我的實際技術、吃苦能力贏得了有關方面的賞識吧（恕我不保留謙虛）！我欣然接受任命，與奮中夾雜著惶恐。

生平不曾遠離家園的我，繫著一身惦念與別離的愁緒，但想到將有機會傳播中國人的智慧、中國人的技術，去協助落後的友邦，就冲淡了所有的顧慮。

一行九人，由隊長徐容章率領，於八月十一日抵達剛果首都金夏沙市（Kinshasa）。翌日拜訪該國政府有關部會後，開始檢點國內海運送到的農械具，一切準備就緒，便掀開工作的序幕。

該國選定給我隊的示範農場用地，嚴格說來不十分理想，灌溉水源不充足，加上長時間受到熱帶地區雨量的沖蝕，地力相當貧瘠，眼前滿佈雜林野草一片，猶如在影集中常常出現的蠻荒景象。

在開墾過程中，蛇類、蜂蟻，還有未曾見識的小動物，不時會突然出現身邊，叫人心驚肉跳。非洲大螞蟻能把泥漿築成一大堆丈餘高的堅實土窩，雖然罕見，但那密集勤快的蠕動場面，令人全身發癢。最糟的是，沼澤低窪地散佈其間，使墾地作業難上加難，稍不小心，人連機器便會陷入泥沼裡，如果不作事先防範，後果是不堪想像的。

為著在預定時間內完成初步開墾規劃，九個人一條心，放棄週日休假，夜以繼日趕工。經過月餘時間，農場用地才略見端倪。再經過半個多月的整理、規劃，完成了示範農場。

對長時間受到殖民政策的統治壓制，於一九六〇年才獨立的新生國家來說，建國的歷程是坎坷的、艱辛的。在不十分瞭解當地氣候狀況，又不易取得完整的水文資料的情形下，初期作物播種常遭遇突如其來的豪雨侵襲，把幼苗冲失摧殘得面目全非的命運。但很快地，我們以智取勝，克服了可能發生的許多難題，採取各項有效的保護措施後，作物開始成長、茁壯。在異邦工作要建立一個信念：那就是祇許成功，不許失敗，不讓他們看到我們的失敗與挫折，事實上他們是永遠無法看到的。

不到半年，亦就是五十六年元月中旬，我們在友邦的土地上，順利成功的完成了第一期豐收，並且舉行慶收典禮。會場上展示各種蔬菜瓜果、雜糧、農產加工及農機具近百件，琳瑯滿目，叫友邦人士目不暇給。示範農場上亦呈現一幅多采多姿的美麗圖案，農場及展示會場周圍，中剛兩國國旗隨風飄揚，會場周邊的道路上排滿了剛果朝野人士及駐剛各國使節的車龍。前來參觀的人彷彿一波波浪潮，擠得水泄不通，但卻井然有序。

該國農業部長莫桑多在典禮席上致詞說：「今天是我國具有歷史性的一天，亦是值得我們慶幸、紀念的日子。我們友邦中國農業技術專家，在短短半年間，在我國土地上創造了奇蹟，他們能，爲甚麼我們不能？祇要我們肯努力學習他們的技術與精神，深信我們亦一定能。……」

翌日，各大報在頭版上以大篇幅介紹豐收慶典盛況與展示內容。我們個個成了明星，成了他們心目中的英雄、農業專家，聽來固然高興，但心頭壓力反而加重。

無幾日，新的計劃接踵而來，剛果官方要求我隊著手兩項計劃。

第一項是總統莫布度農場開發經營。

第二項是設立中央省馬溫鐵稻作推廣中心。

在策劃以上二項工作的同時，我被任命兼代副隊長職務，從此工作責任與精神負擔倍加，對胃腸一向很有自信的我，竟常鬧起胃病來。

總統私人農場用地，面積近百公頃，距首都約七十公里的位置，原先是委託比利時人籌劃開發，因爲遲遲未見進展，交給我隊接辦。該農場先天條件不足，地形是緩斜的砂壤性山坡地，灌漑水取用相當困難，雖有剛果河支流流經該地，但要建立一長期供水系統，人力及經費投資至爲可觀。我想比利時人幾乎交白卷，自有其原因，在不可能改變其農場位置的情況下，祇有克服困難是唯一的途徑了。

我們把剛果河支流的水位，以最便捷而耗資最低的方法，提升其水位，貯蓄其水源。然後選擇較為耐旱的高粱、落花生、鳳梨、玉蜀黍等作物栽培於高亢處，不虞灌溉地區種植蕃茄、蘆筍、西瓜、葉菜類等高經濟蔬菜，連帶完成整個農場道路之規劃及花木佈置。不到四個月時間，一塊塊黃綠交錯的艷彩，取代原先荒蕪一片的黃泥丘陵草原。

莫布度先生是位急性子的人，等不及收成期到來，就率領他的僚屬、學者專家及駐剛各國使節一行百多人，來到農場參觀，他很少啓口，完全任由邀來的人士自由參觀，去尋找答案，尤其比利時人，還有與我國無邦交的東歐國家駐剛使館人員，看在眼裡，內心不知有何感受。

一方面開發莫布度農場的同時期，我與隊長前往距首都近三百公里的一個南部市鎮——馬溫畿(Mawenji)，作實地勘察。比利時人在剛果獨立前，曾在該地區設置農業推廣中心，所栽植的作物僅限於棕櫚油樹、木薯、咖啡等長期的粗放作物。我隊之所以希望在該地區設立稻作生產推廣中心，目的在於解決該國人民生活上最迫切需要的糧食，意義及目標絕對是正確的。獨立後該國因缺乏農技人才，多年荒廢之後，農機具多不堪使用，我們就把它們修繕、拼湊、組合改裝，亦解決了初期墾地機械的不足，減輕了不少人力與財力的負荷。

馬溫畿屬於狹長的連緜山谷平原，水力資源相當充沛，若能善加開發利用，頗有運作價值。土壤雖然亦是熱帶區域常見的特質，假以時日將逐年改善，潛力十足。

對於設置稻作推廣中心，我深具信心。於是招募當地人民授以技術訓練，從事墾植，我先在該中心設置水稻優良品種（臺灣優良品種十餘種）地方適應試驗。那些品種在隊本部示範農場已作初步試驗，成績差強人意。但對馬溫醆地區之氣候未能確實掌握前，自有先行試驗之必要。半年後在該中心建立了近五十公頃的稻作推廣區，擁有近百戶農民，啓開稻米集約栽培的史頁。

以上兩項計劃之推行，人手實在不足，國內再支援六位隊友，但以十五位成員要分散三個據點工作，每位弟兄所負的工作責任是相當繁重而艱巨的，每一個伙伴必須兼備水利工程、水泥、木工、烹調技能，而農耕的基本技術與任重刻苦的精神，當然是必備要件。

抵剛年餘，幾項計劃都能順利完成，對我隊信心百倍，於是又有新計劃。對於他們得寸進尺的要求，內心難免有些快然，但經我政府允諾的任務，祗有勇敢去面對了。

剛果（今改爲薩伊共和國）幅員遼闊，約等於臺灣七十倍。人口相當於臺灣（當時臺灣人口一千四百萬），全國行政區分爲八省。莫布度總統希望位於東北、西北的東方、赤道兩省，亦能根植中國人的農業技術。於是我又花了半個多月時間，分別在該二省勘定設立分隊地點。東、赤二省是分別距首都一、二千公里外的邊陲省分，因爲派有專機及交通工具，縮短了旅程，減輕了體力的透支。有機會在非洲大陸各地閱歷，實在是難得的機緣。看到一望無盡的林海、沼澤、沙漠、綠洲，我眞眞實實地在蠻荒中，做了一次長途探險，就有「不虛此行」之感受與收穫。

値得一提的是在抵達赤道省時，省長孟坎巴親自來機場迎接，然後專車前往省府拜會有關單位，再驅車前往省長官邸。從飛機場到市區，一路上有憲兵、警察站崗路邊，接受他們舉手禮。

坐在禮車上的我，內心深處有一股無可言喻的興奮。我不懷疑中國人會有這麼一天，而這一天、這場面，眞實地出現眼前，在異邦接受隆重的敬意與禮遇，我似乎代表所有中國人，莊嚴肅穆地領受那份榮耀與眞摰的友誼。

兩年間，我們無間地接受、容納要求，而所有的需求與期望，都在隊裡伙伴們同心協力中達成，不曾使國內有關單位擔心，更沒有讓剛果朝野與其人民失望過。最妙的是，有一次中非共和國總統布卡薩前來剛果訪問，參觀莫布度總統農場亦是重要行程之一。當他參觀該農場返國後，未及照會我國是否同意，就向其全國人民廣播，願與中華民國建立邦交。我們接到國內外交部急電，立卽前往訪問，考察歸來，迅速從隊中遴選三位先遣人員前往，從法國人手中接掌了布卡薩農場，建造另一個友邦的農業外交。

剛果政府對於我們的住行及業務推展各方面都相當禮遇與配合。首批人員抵剛果前，就建妥了三幢洋式別墅供隊員居住，每幢配備冰箱、烤箱等設備。交通工具祇怕我們不敢希求，豪華的住所，反而叫我們覺得跟工作性質、生活習慣不很協調。

稱非洲是黑暗大陸，對有些國家是不公平的，剛果與其他國家相比，算是比較進步且具有發展潛力的國土。東南部卡坦加省，就是世界有名的礦業省分，蘊藏著豐富的金剛石、赤銅、鈾礦。遺憾的是，剛果人民不知道運用自己的智慧與技術，將近一世紀來，完全被操縱在白種人手中。獨立後又未見勵精圖強，其中我認爲最最主要原因是在於敎育落後所造成的無知與愚蠢，加上懶散成性，寧可採取野外植物亦不肯勞動雙手去創造食物的習性，使他們普遍窮困。如果能從教育著手，啓發民智，培養國民積極奮發之精神，前途當不可限量。有幸走過幾個友邦，對於甫才脫離殖民政策桎梏的國家而言，其開國、建國的道路，必然是崎嶇坎坷的，誰能克服難關，誰就能先躍居世界政治、經濟的舞臺，剛果不難，象牙海岸更不難。

剛果八省中，有幾個城市相當繁華。首都金夏沙市擁有非洲「花園都市」之美譽，寬闊的街道兩旁，條條都種植著熱帶花木點綴，乾淨而整齊地劃分著行政、文化、商業、住宅區，確實具有花都風貌與格調。有幾位隊友在赴非時還帶去不少衛生紙及日常用品一大包，成了自我嘲弄的笑料。金市容納了約五十萬人口，其中白種人及中東地區的人有十幾萬。略具規模的電影院有三、四家，商店裡一般日常用品相當齊全，但價錢普遍昂貴，其中最缺乏農產品，尤其是新鮮蔬菜瓜果，即使有錢也買不到。如果他們在都市鄰近擁有土地或肯墾植，加上能領會中國人的栽植技術，那就是一條致富的捷徑。有一個實例可證：我們在隊本部附近，地名恩吉利設立了五十戶蔬菜專業區，指導其栽培技術，贈予優良的品種種子，結果戶戶皆大歡喜，能說他們不曉得金錢的可貴、可愛嗎？

遠離祖國，別離家園兩年期間，說句眞心話：實在太艱苦。我覺得把自己磨練得更堅定、更圓熟，而膚色更加烏亮，身軀更加結實自不在話下。雖說艱辛，能爲多難的祖國盡一己棉薄，深感無愧此生，不虛此行。倘若說稍有成就，值得驕傲的是我們團體精神的結合，表現了愛自己、愛國家的具體行動。

其間，不可諱言的，精神生活比較匱乏，除了自己伙伴，眞的生活在舉目無親的落寞與空虛中。所幸有我駐剛果使館人員（曾任外交部長丁懋時先生是當時駐剛果共和國大使）照料，並曾有一批國內專家蒞臨指導，除此就是當年被譽爲非洲之父的楊次長西崑，風塵僕僕於各非洲國家並宣慰各農耕團隊。在國外見到如此熱心腸的親人，怎不令我們感激流涕與興奮？

在我們期滿返國時，剛果航空公司爲我們留下整個頭等艙位。臨別時，剛果政府特派外交、農業部長及未曾識面的許多官員及民間代表來送行，場面熱情感人直沁肺腑，滿懷友邦人士難忘的濃郁友誼，話別友邦山河，鳥瞰無盡的林野，無垠的撒哈拉沙漠，飛越地中海。在歐洲、中東國家作了三週旅遊，於五十七年七月杪安抵國門。

在我任期屆滿前，經國內上級單位核定調升爲副隊長，深知那是兩年心血所贏得的殊榮，捫心自問當受之無愧。因爲年邁的母親不太贊成我再度離開她身邊，祇好打消去意，遵從母命了。如果說，那是爲國效勞的契機，那麼，在忠孝無法兩全的情形下，我唯有選擇事孝一途了。

——原載《桃農五十週年校慶特刊》

阿爸，請聽我說

爸爸，今天我帶著妻兒子女，還有二弟、三弟全家大小來到您面前，您高興嗎？您喜歡他（她）們嗎？

每年我們總會來看您幾趟，怕您太勞累，兄弟合力把您小小庭院的雜草清除乾淨，並且帶些水果來，因爲不知道您愛吃些甚麼。

其實，我也不知道您到底愛吃甚麼？畢竟那時候我們都很小，年幼無知的我們，那會知道您愛吃甚麼呢？再說那時候，大概亦無所謂愛吃甚麼，祇要能吃的都可以吃的年代，偏偏又找不到亦買不到吃的東西。您說有甚麼好挑剔的呢？能挑剔嗎？

爸爸，還記得嗎？當時家裡差不多天天吃蕃藷簽飯。有一次我不小心把米飯扒到桌上，您要我立即撿起來吃，我不十分情願而惹您不悅。您責備我不可糟蹋糧食，我以爲才那麼幾顆米粒，何必那麼認眞。我嘴唇翹得高高的好不高興，您笑我上唇可以掛半斤豬肉，一聽到豬肉，我的口水都快淌下來，上唇也就恢復正常了。

後來連蕃藷飯也難得一餐，就改用青菜稀飯來餬口，而您卻吩咐媽在青菜未下鍋前，先把快煮熟的稀飯裝上一碗給祖母，兩碗給我們兄弟三人分享，您和媽喝的都是些稀爛的菜粥。在那段最艱苦、最饑荒的日子裡，您還是那樣的愛祖母，愛子女，那幅親情永遠留在我們心目中，不曾因時光流轉而稍褪色。更因爲有了那份情厚的孝心與愛心的培潤，帶給我們在成長旅程上許多的啓廸。

整整四十年了，四十年來我們父子倆都沒有再見面，好像離得好遠、好遠。

四十年前，當您要離開我們的那天早上，我還是跟往常一樣去上學，我到床前看您，您面帶微笑，沒說一句話。等到上完課回來（其實我根本無心聽課），您已經不再跟我說話，永遠不再微笑了。

當時，我非常懊悔，到現在還在後悔，我爲甚麼那樣自私？祇爲著保持全勤的理由，沒敢請假一天半日來陪伴您。我知道您不會允許無緣由的逃課，但是爲甚麼我會熱衷於領全勤獎的虛榮？

我緊緊地抱著您，親親您不再微笑的面孔時，一切都太晚了，家人已準備送您去火葬。我知道那是您交代好的事，媽也不想再把痛苦加在您身上，甚至還受到長輩親戚的責言。

當您被送進火坑時，我眞的希望被送進去的人，不是您而是我。畢竟這個家剛成立不久，幾個嗷嗷待哺的小生命，也還需要您的潤滋，需要您的關懷與培育。

眼看猛火接近您的身邊，我一心想抱您跳出火坑。祇要您能回到我們身邊，即使火燒、燙傷，我都願意的。等到火勢逐漸退去，我的眼淚亦已經流盡，我告訴自己：流完眼淚，擦乾淚水的同時，該是要鎮定，該是要努力，該是要堅強的時候。

對那一幕人生悲離的收場，說不定還以爲是玩樂烤蕃藷的幼弟，對失去父親後的未來，將會是甚麼樣可怕歲月尚不能完全領會的無邪心靈，猶嬉笑如常；身爲長子的我，哀慟至極，爸爸，您說我該不該好好地痛哭一場？

爸爸，您走了之後，才是家裡眞正痛苦的開始。

靠著您過去的一點積蓄，維持一段極短暫的時日，我們在那曾經爲逃避戰火借用的泥牆草屋裏住了相當長的時間。頭幾年靠著外公僅有的三分田地的生產來接濟，後來外公也走了，把我們賴以生活的唯一希望也帶走了。

爸爸，您可知道，媽爲著生活，爲了我們的教育，開始走上另一段好長、好艱辛的路程。媽以她的汗水，以她的耐力，每天上山去挑運煤炭，下山時順路檢些薪材出售換取微薄收入。記得，月底經常要向鄰居借米，等媽領了工資才清還借債。有時候，媽不好啓口，要我出面，可是都不算寬裕的芳鄰們也有不方便的時候，那場面最是叫人感到尷尬。

爸，請您原諒，有時候我會埋怨您，爲甚麼忍心把我們丟棄，您爲甚麼狠得下心呢？當父親不再要孩子，在那個時候，在那種無助的情形下，有被遺棄或被送去當長工的可能，在那個年代裡絕不會引起非議的。而我們何其幸運，不但沒被遺棄，還有飯吃，還有書可讀。

爸爸，您走後第三年，我念完了初中。我堅決放棄讀書念頭，找到國校任教的機會。那是民國卅八年的事。可是任由我怎麼解釋，媽就是不肯答應我的懇求，最後被老師江益三先生知道家裡的苦衷，他資助我，鼓勵我，讓我完成了高農的學業。

爸，您知道的，我的體形不大，但意志堅強，耐力十足。那是因爲常聽您說：一個人跌倒了，最好的方法是趕快爬起來、站起來，不要讓別人看到跌倒的場面。因此，仗著學農的本事，爲著貼補家計與兄弟的學費，我幫鄰居農家耕田、除草、割稻，也跟著母親上山挑煤、檢材……反正我以爲能力所及的，就沒有不能做的工作。我與二弟亦有送報、賣枝仔冰的經歷，後來租用空地搭建簡陋的豬舍，飼養桃園種母豬，由一頭增加到三頭的規模。每當出售小豬一窩，那是全家最興奮的時刻，因爲又可以添加一二樣簡單的傢俱。當然不再有斷炊之憂慮了。

爸，請您微笑，讓我告訴您：您的孩子們就是憑著這一股克服艱難的毅力，在母親辛勤撫育、教養中逐漸成長、挺拔起來的。今世能有這樣的好母親，又能在她賢明的抉擇中得到求學的機緣，兄弟三人已經感到十足滿意。

爸，正因爲經過那多方面的磨練，不自覺中，我們似乎已然忘卻往日凄涼的苦楚，反而更能孕育出一股堅忍進取的精神，亦叫我們更能以平靜的心去看周圍的事事物物。

爸爸，您現在大概不再寂寞吧？跟祖父母住在一起一定很高興、很快樂的。當年我們兄弟商量，想請您過來與阿公阿媽同住，爲了實現這心願，而又僱不起相隔二十多公里來回路程的車資，我們借來一部腳踏三輪車來搬運磚頭、水泥及所需材料。連前庭的小廣場、兩側的矮牆，都是我們與僱來的一位師傅建造的。我知道奶奶和您都愛清靜、樸實，所以祇好建造您合意的住所，您還滿意嗎？

我對祖父毫無印象，那是因爲當時我還沒出世。與奶奶倒有一份祖孫深情，她很疼我，愛我無微不至。記得小時候，我常常鬧肚脹。奶奶有一個秘方，在我肚疼時，慣用一支點燃的蠟燭豎立在一個小磁碟上，然後放在我肚臍上方，再用一個空鐵罐蓋住蠟燭。燭火因缺氧熄滅，空罐就牢牢地吸住肚皮，我的肚脹也就消散了。很多次都管用，大概是奶奶年紀大，手腳不太靈光的關係吧，有一次不小心蠟燭倒了下來，蠟油滴落在肚皮上，我痛得又叫又跳，還埋怨奶奶幾句。奶奶您還記得嗎？想必老早、老早就原諒我這個不知好歹的長孫了。

喔！爸爸，您一定想知道家裡的近況吧！您的三個孩子都已經成家立業。雖然沒有值得光祖耀宗的大成就，卻是您庭訓中務實、耿直而忠厚的小人物，而且都擁有一份可以溫飽的職業及美滿幸福的家庭。媳婦們個個都能吃苦，有的任公職，有的掌家事。不論公私，樣樣都處理得井井有序。您的孫子有的已經大學畢業，有稱心的工作，有的還在念高中、國中。爸，時代改變了人的思想觀念，所有男女孫輩們都在念書，到了恨不得讓他們多念幾年書的時代，再亦不會有爲生活、爲子女教育而告貸的心酸事了。爸爸，您高興嗎？我似乎看得出您正在微笑哩！

爸，所有想說的話差不多都說完。站在我們身旁的人，是誰呢？是與您共苦多年，又多吃了好幾十年苦的人，是我們心中最敬愛的母親。她沒有半句怨言，一如苦難多年的歲月裡，未曾輕易在孩兒面前吐過一聲嘆息。今天祇看著她不停的點頭含笑。爸，您可知道：在那多紋的面頰上，在那滿頭的銀絲中，深藏著、烙印著歷經八十二寒暑那每一個日子的辛酸。

爸，今年清明天氣格外清爽，怎麼卻突然下起毛毛細雨來了呢？是不是您灑下絲絲喜悅的淚水？如果是這樣，何不讓我們父子好好地哭一場呢？

——七十六年清明節

阿福伯

十月十六日，祇是一年中平常的一天，但在我記憶裡，卻是不尋常、不能忘懷的日子。因爲有位長者在十五年前的這一天，與世長辭。每年這一天，我哀念他，而哀慟之情，好似痛失考妣。

他姓石，名阿福。由於年齡比我們大許多，因此年紀大的同事，稱呼他阿福兄，而年輕一輩的我們，親呼他阿福伯。每當我如此稱呼他時，他總是說：「你是我頂司（主管），不好叫我阿伯，我受不起！」

不知甚麼時候起，少數同僚一反往常，竟敢叫他「空仔福」。「空」在臺語乃是狂癲之意，我感到十分不安，也使我爲他抱不平。後來從一位住在他鄰居的同事口中得知，他之所以被套上「空仔」的原由。

早年農村裡，每逢插秧或割稻季節，莊稼人都會準備一付豐盛的牲禮，去叩謝田頭土地公，感謝福德正神施澤，使全家平安、五穀豐收，祈求風調雨順、國泰民安，習俗叫做「起工」或「完工」。謝神後的牲禮，自然是宴請僱來的師傅及全家老少粗飽一餐的牙祭。

阿福的老伴兒，一大早就忙著殺鷄宰鴨的，一邊準備五牲，一旁叮嚀他老伴阿福，如何在神明前表達該說的、該求的心願。她知道自己丈夫有口齒不清、不靈巧的老毛病，生怕因而得罪神明。對著她的嘀咕不休，他早已經有相當的適應性，知道那是老妻習慣性的「情愛」的表達方式，反而有股甘美的感受，藏在心頭。

牲禮放在兩只謝神籃裡，他平穩地扛在肩上，挑走起來，上下交互搖晃而作響的聲律，正表達了他心情的舒暢，連腳步似乎都輕快很多。

他把挑來的五牲，端端正正地擺放神桌上，然後點把香燭，口中念念有詞的許下了自己，也是他老伴一再吩咐的心願。當香火燃過大半，他猛吸一口已經燒到唇邊的香煙之後，想卜一下，探問土地公伯對帶來奉敬的牲禮是否滿意？

他虔誠地祈求後，擲下了筊杯，可是出現他眼前的是「笑杯」（還算滿意）。他仔仔細細地檢點帶來的禮品，結果卻發現忘了帶酒杯來，舉起筊杯表示自己一時匆忙，再三懇求土地公恕罪，敬請舉酒瓶暢飲，然後放心地再次擲下筊杯，沒料到是個「陰杯」（不領受），他非常懊惱自己粗心。

再把筊杯舉得高高的，在空中旋轉三個圓圈後說：「我阿福實在莫法度啦！笑杯、陰杯的，我莫宰羊去安怎好?!我那有耐心再伺候，假使土地公伯不領受，我祇好挑回去！」心一急，連聲音都變了調，他覺得對神大不敬。

無力地擲下第三次筊杯，結果意外地出現了「神杯」（完全領受），他開心大叫：「土地公敢無驚歹人?」

拜謝福德正神後，回家路上碰見正在巡田水的阿火，他把卜杯經過一五一十的說給阿火聽，阿火是村子裡唯一會解厄破邪的人。阿福說給他聽，目的是希望藉他魅術釋解心中對神不敬的不安。他一再拜託他，不要把事情喧嚷出去，免得被村人笑掉大牙，被人譏罵，阿火很守信約，祇偷偷地告訴自己老婆一人。

像一陣風吹，不到半天，全村人都知道發生了一樁不可饒恕的事。

「阿福實在太空！」「空甲無天無地！」從那天起，他的名字上多出「空仔」兩個字眼。同事多年，我對他有相當程度的瞭解，記得有次他請了一天事假，結果他利用假日自行補工。其實沒有人要求他那樣做，也不需要那樣做，「不好欠人的債」，這是他常掛在嘴上的話，也是他的執著。

記得有一年，他兒子考上大學，女兒也考上高中，歡喜表露在他臉上。別人譏笑他：「憨人有憨福、歹竹出好筍。」他不但不生氣，還覺得有些道理來自我解嘲。可是沒幾天，突然不見他的笑靨，原來是爲著子女註册費發愁。他第一次向我開口借錢，看他心慌就口吃的窘態，覺得可愛也可敬。半年後，帶著錢還我，還拎了隻自己飼養的土蕃鴨來家。我婉拒再三，看他面容不悅，實在想不出拒收的理由。

他曾說過：早年沒讀書，在當兵時，寫信都要拜託別人代寫，眞甘苦，實在眞見笑，所以仰天發過誓：「我阿福這世人再甘苦，喝稀粥，也要給子孫讀册。」的宏願。

平時，不太容易聽得到他的聲音，偶而有簡短、笨拙的言語，誠懇的態度正是我由衷感佩他的地方。

他六十歲那年辦了退休手續，留給我相當長時間的空虛與落寞，由於公私事纏身，很少去看望他，歉意常掛在我心坎裡。

「空仔福出車禍！」同事口中傳來不幸消息。

當我去醫院探望他的時候，已經少了一個大腳板。還好，他神志清醒，也算是萬幸。可是還不到半年，我又去參加他老伴的告別式，他老了許多，看他跛躄的背影，我心酸透頂。

又一天，一位同事口沫濺飛地發佈新聞：「空就是空，聽人講，伊無條件獻出三分地作國中運動場。你大家想看，世間敢有這款憨人？伊有一工（天）會翻悔！」

「伊祖公無留半項財產，伊倆尪某（夫妻）勤勤儉儉，才買五分地，這聲就去一大角，看伊去做乞食好啦！」

「莫怪人叫伊空仔！空字寫在頭殼頂，實在眞無伊法度喲！」

同事譏譁成一堆，我很想痛痛快快地責罵他們：「狂癲的是你們！阿福伯本人都願意那樣做，關你們甚麼屁事！」

利用一個星期假日，我去看他，他家門鎖著。

那天，正好是那所國中創校慶祝大會。會場熱哄哄一片，像是趕廟會。一位熟人告訴我：阿福伯可能已經被請在臺上，他說：校舍早就蓋好，祇因爲運動場面積不够，阿福伯捐出土地，總算做了一件好公德。

「世間像伊這款人，已經眞少咧！」身旁一位老人說。

「安怎還莫看著空仔福？快去叫伊來領獎呀！」有人叫喊。

「那有可能來！伊去入院啦！聽人講，前二工伊血根斷去，已經眞嚴重，這聲有可能……。」

拔腿跑到醫院時，大夫正在爲他做最後的努力，我緊握著他的雙手，他無力睜開眼，勉強送我一絲微笑。他子孫情切的呼喚，我眞誠一片的撫慰，對他生命的延續，已經發生不了甚麼作用，我們握住的手掌，逐漸鬆懈，冷暖分明。

「阿福伯！今天是尖山國中建校慶祝大會。鄉長和縣長要給你頒獎。大家攏講你眞了不起！」我靠近他耳邊。

他微微點頭，很高興。在他閉下雙眼的剎那，閃出兩顆晶亮的淚珠。生命竟如此無情。

我陪他子女護送他的遺體回家。路過尖山國中校門時，看到該校師生百多人，及不少村人站在路兩旁。聽到唏噓一片……，周圍愁雲彌漫。

阿福伯，空著手來到人間，也將空著手離去。像一顆不知名的流星，永遠、永遠地在人們心目中留下一道閃爍的光芒。

附記：不幾日，報章上披露一則感人的事蹟：「為紀念石阿福先生之高德義風，經地方人士研商，將尖山國中更名為福山國民中學。」

七十五年十月十七日

——原載七十五年十一月十九日《大衆報》

含苞花

郁芳這個小妞，今天又換上一套嶄新的桃花長裙。走起來扭扭揑揑地，直抿著嘴兒笑，誰知道她到底高興甚麼？想些什麼呢？少女的心事，任何高明的心理專家，都猜不透也摸不清。

近些日子來，她確實脫俗、活潑多了，她學會那些年紀大些的女職員，衣袋裡兜個小鏡子，在別人不留意時，偸偸地掏出來擦點兒粉、塗層口紅、梳理一下頭髮的……這些舉止，叫同事感到有些詫異，主計室李先生知道的比別人多。

她心中藏著一個影子，那是李先生常在她面前提起的人，所以每次她到李先生房裡去，總是又高興又羞怯。

她每天來得很早，因爲在別人上班之前，她必須做好掃地板、擦桌椅、提開水的工作。

今天跟往常沒有兩樣，早早來上班，她輕輕地叩李先生的門。

「誰呀？」李先生在被窩裡聽到敲門聲，有點不耐煩。

「來提水啦。」她隔著門應聲，她覺得這麼早來打擾李先生，感到有些不好意思。其實，長久以來就是這樣打擾他。以前她不來提水，他常會誤了上班時間，自從有了她來，不再有上班遲到的紀錄了。他打從心裡感謝她，而喜歡尋她開心是始終剔除不了的老毛病。

「早安！李先生。」郁芳臉上不知怎的一下子紅起來，熱到耳朵尖兒。她轉身對著牆，取出刷子擦拭茶杯，動作懶洋洋的，好像在等待甚麼。李先生眨一下沒睡飽的眼睛，裝滿一菸斗菸絲，擦根火柴慢慢地呑進一口菸。

「郁芳，說眞格兒的，人家可對你不錯喲！」

「老不錯、不錯的，到底誰不錯呢？」

「噯呀！別裝蒜了，你不知道明仁一直待你不壞的！」

「爲甚麼老提他？我不愛聽！我不要聽！」說著把小手蓋住耳朵。

「他可是標準的好青年噢！家境雖然不好，但苦學有成。這種人你那裡去找？」

「再說，人家他現在到臺北一家貿易行做事，賺錢卡多！」

「賺錢多，與我有甚麼相干？」郁芳早把摀住耳朵的雙手放下來，緩緩地擦著茶杯。

「嘿，你眞傻！賺錢多了以後日子好過呀！明仁他挺喜歡你，每次從臺北回來就問我：你胖點了嗎？高點兒沒有的……」

她想說甚麼，卻沒說出來。

「你瞧！你十八，他二十，不大不小的眞合適。」

「您再說下去，我可要走了。」

她並沒有立刻就走，仍然站在那兒摸擦著茶壺，其實那把茶壺本來就很乾淨的。

直到樓上敲了幾下上班鐘，她才猛然推門走開。

「早就說要走，結果爲甚麼沒走呀？」李先生對著她背影，哈哈大笑。

× × ×

「郁芳，有你的信。」李先生從衣袋掏出來。

「誰寄來的？」

「眞笨！除了他會是誰。」

「他——？」

「你的明仁啦！」

「騙人！他的信，怎會到您手上？」

「噯！說你傻，你眞是呆頭又呆腦，他怕別人知道了難爲情，才叫我轉給你呀！」

「他的信，我才不看！」已經伸出的手，又本能地縮回去，裝著要走。

「好，你不看，你知道裡面有甚麼，寫甚麼呀！」

「有甚麼，寫甚麼，我都不看！」

「傻丫頭，眞不懂事，人家好心給你寫信，你不看，這叫甚麼話嚒！」

李先生有些失望，停會兒指着信封說：「你瞧，字體多好，多端莊。」

「不看就是不看。」她眞的走開。李先生知道該怎麼辦，於是上了班把信往自己抽屜一扔，到別科去洽辦公事。

李先生辦妥公事回來，已經快下班了。上了樓，看見郁芳正搜著抽屜。他故意轉頭跟同事閒聊兩句，其實郁芳老早就聽到李先生的聲音，祇是一時措手不及。

「李先生，我在找您的口琴，想練習一下。」

「喔，是嗎？我還以爲你在看那封信。」

「……」

「沒有啦！沒有啦！」她的臉像熟透的櫻桃。

「郁芳，你瞞不了我，你的臉已經告訴我了，他到底說些甚麼呀？」

良久，她說不出話來，最後知道不能不說，只好難爲情地開口：「他說……他說……」

「他說甚麼？不要吞吞吐吐的，快說呀！跟我說沒關係，你放心好了，我不會告訴別人的。」

李先生在發誓。

「眞的？那……那我就說好了。」

「快說嘛！」

「他叫我今天下午五點鐘，在桃花山下土地公廟等他。」

「呵！好呀！」李先生拍掌呼叫，她雙手塞住耳朵，快快躲開。

「郁芳，你一定要去噢！」李先生叮嚀再三。

「我說不去就是不去！」跑得很遠了，還可以聽得到叫聲。

× × ×

辦公室前面是一片青翠、廣濶的草坪，杜鵑花開滿枝梗，在綠色的草地上，益發襯托出艷麗的花色，順著庭園邊緣有一條小徑通往大馬路，路旁楓樹迎著新春，正吐著嫩芽。

李先生下了班，習慣在庭園散心遛躂，悠閑地吸著他喜愛的菸斗。

突然，郁芳扭扭捏捏地出現在辦公大樓門前。李先生老遠就看到，但沒敢驚動她，她躊躇一會兒，看看四周，掏出小鏡，理理髮角，整整裙褶，然後順著小徑往桃花山方向走去。

這時候，太陽剛從雲層裡鑽出來，照在草地上的杜鵑花叢，也照著郁芳的雙頰，她臉上紅暈一片，誰知道是陽光映的呢？還是害羞呢？

——七十五年初春

憨頭老爸

收買一車破銅爛鐵、塑膠廢料回來的添金，像是走完一趟沙漠旅途，又餓又渴，來不及卸下舊貨料，先咬了幾口饅頭，再灌進一大杯冷開水消消全身的熱氣。

從手上透明的玻璃杯中，看到他的次子志輝手上拎着一雙布鞋。

「阿爸，我買了一雙新鞋仔，好看嗎？」

「頂頂個月才給你買，又去買一雙來逗熱鬧做啥！」

「阿爸，那雙鞋仔不能穿啦，已經破一大孔，怎麼能穿？」

「破孔，不會提去補？」

「今嘛那有人補布鞋？阿爸這款鞋眞有名哩，叫做『愛廸達』，莫貴啦，才八百多塊，還有一千多塊的，我不甘買。」

清涼的茶水，本來已經把添金全身熱氣快冲散了，聞言突然又一股熱流交騰上來。

「一雙布鞋仔八百塊還說莫貴，討債死囝仔！甚麼鐵打的，比金打的還要貴！」他心中罵著。

「阿爸，您去休息啦！辛苦一天，落貨（卸貨）由我來做。」

兒子善解人意，體貼的這麼一句話，差不多把添金原先滿腦子的不悅掃去大半，只是一雙布鞋要花掉八百多塊，叫他感到不可思議，也叫他相當心疼。因爲在去年，他岳父八十歲生日，想充充臉，考慮再三，狠下心買了一雙皮鞋也不過才五百元，來回穿那一趟之後，就仔細地放進紙箱裡，偶而拿出來看看，刷去鞋上的灰塵，再給它擦點油還是新新的光可鑑人。一雙鞋子在他來說，應該可以穿上一世人，而孩子在不到三個月時間又要換上一双。縱然他努力以寬大的心懷想諒解孩子，沖淡自己心中一時的悶氣，似乎感到十分困難。

其實，他亦想過，自己再苦，再累，做牛做馬拖拉生計，祇要子女知道上進、打拼讀書就好了。看看鄰居的孩子，吃的、穿的樣樣都比自己家好，自己孩子從來就不知道挑剔吃穿，還能說孩子不好？

「囝仔出外去，總要跟人比拼嘛！人家鄭太太的阿明，一個月買兩雙新鞋仔……。」最瞭解自己丈夫的寶猜，忍不住勸說了一句。

「人家是人家，咱家那能跟人比！阮細漢時，一雙布鞋仔能穿好多多。」

「以前是以前，如果都像以前那樣，今嘛賣鞋的人早就餓死了！嫁給你這老古董。」

和老妻你來我往的戲言早已經成了習慣的添金，心中掠過一陣暖流。平常日子整天忙成一堆，偶而一來一去的耍耍嘴皮，在他們夫妻倆來說，似乎成了相當有效的疲憊調節劑與生活點綴。

喝多了茶水的添金，立刻有了正常的生理反應。他快快跑進洗手間，把大半天積蓄下來的「大小」，統統排出體外，全身頓感輕鬆、舒暢。從廁所的小窗口伸頭看去，心中盤算，還不到一刻鐘，車上的舊料竟卸落得一乾二淨。

「幹伊娘，這小子眞有够力，一聲搬到清氣清氣！」

添金心中高興亦驚奇，因而引發出對志輝歉疚的思緒，平常指責他：「懶死鬼」、「憨頭，不知好好讀冊！」那些責備從此大概不必用了，因爲最近發覺孩子懂事多了，亦認眞很多。從學校寄回來的成績單上看來，排在第三名的事實，證明了孩子已經在進步，爲甚麼還要罵他？還常拿長子志賢的許多優點來作比對，來責備他。

「阿爸，這塑膠瓶罐廢料，用化學藥品來處理，就可以洗淸除，何必用幾十大桶水來冲洗，浪費時間和金錢！」志輝壯大膽子提出改善意見。

突然地，聽到孩子講出這樣反常的想法，感到吃驚的添金，停下工作的雙手。

「甚麼藥仔？令爸收歹銅舊貨二十外冬的經驗，輸你讀兩年册？騙令爸不識字是嗎？」

「正經啦！阿爸不相信，我試給您看。」

「你阿兄讀到大學，都不敢講半句膨風（大話），你才讀兩年高工就要爬上天?!」

「阿爸不相信，明仔早你就宰羊了！」

「免講啦！豬頭皮是搾無油啦！」

父子倆這樣輕鬆地鬥嘴，還是生平第一次。

添金以為孩子是隨便說著玩兒的，所以沒有理睬，繼續他未完成的分級、洗滌作業。他相信自己是對的，這種方式已經送走了他倆夫妻許多歲月，亦在這種傳統的工作習慣中看著兒女長大。舊廢料的收購、處理加工，雖然是又髒又臭的行業，可是為著生活，為著子女教育，再衡量自己亦沒有一技專長，除此，還能想出甚麼更好、更輕鬆的工作來替代？在這樣自認最適當的行業中，勤奮地工作，維持着全家五六口生計的他，確信總有一天會熬出頭來，孩子會有出人頭地的一天。那麼自己多流點汗水，又算得了甚麼？

當然，偶而亦會聽到鄰居們帶着不知是好、是歹的建議說：何必為子女教育操心又勞力，念完國中送去工廠或者送去學學甚麼手藝就好了……這類話。對於那些閒言雜語，添金只當做耳邊風一陣，一顆望子成龍、望女成鳳執著的決心，絕不因家境的困難而有所動搖，或稍曾冷卻。

「阿爸，你看！廢料上所有標誌、汚漬不是洗得淸去溜溜嗎？我用鹽酸加水十倍、二十倍、三十倍來試驗。結果二十倍效果不壞。但是，小心鹽酸不好碰到肉，會受傷的。」

聽到孩子得意地、滔滔不絕地像是在發表什麼專題演講，添金反而變成一位專心聽課的學生。

「黑矸仔裝豆（醬）油！」

「阿爸，爲啥講黑矸仔裝豆油？」

「你不知道？意思是說看不出來。豆油是黑色的，裝入黑矸當然看不出來呀！」

父子倆哈哈大笑。異乎尋常的輕鬆。

「阿爸，還有那部塑膠粉碎機有改進的必要。」

「甚麼?!還要把機器改造？你莫想要呷飯？」

「不是全部改造，我想，原料用人力搬上搬下太費工，我會想辦法給阿爸輕鬆一點。」

聽到孩子的言語，他心跳突然加速。生怕跟他相伴多年，靠它養活全家的機器，雖然粗陋、簡單，但萬一眞的被孩子動起手腳，被分解，被損壞，那怎麼辦？

「不行！不行！」

「阿爸，你相信我。」

「你又在臭彈，講膨風話！」

「莫問題啦！你放心了。」

「愛用多少錢？」添金腦海中的第一個顧慮。

「三、兩千元就够了，我會儘量用省錢的方法啦！」

「好了，看破啦！沒給你試一回，你不甘願！」

趁著他阿爸作初步分級、洗滌的空檔時間，志輝花了整整一個星期假日，把機器作部份改造——裝配輸送帶，配妥電源，然後一按電紐，原料一袋袋送到粉碎機上。他跳叫起來，再不必讓阿爸一袋袋搬運了。

添金聽到叫聲，以爲出了甚麼差錯，伸頭看到志輝正在試車運作情況良好，他滿面笑容，亦很想跳躍起來。

「阿爸，還有要改進的地方。」

「已經眞好咧！你還動甚麼歪腦筋？吃飽太閒？」

「我看塑膠廢料粉碎處理後，浮在水面的碎片，看您一杓杓收集太麻煩。」

「那要怎麼辦？」

「我有辦法。」

這回，添金不再表示甚麼意見，似乎對自己孩子有相當程度的信心與寄望。

利用機器停工時間，志輝在原料洗潔池中裝上回轉小馬達，藉著水流回轉作用，把飄浮在水面的塑膠碎片導入淸洗池一旁的凹槽口，粉碎洗淨的塑膠成品就落入袋中，就這樣又節省了不少人力與時間。

面對耗費不多卻能提高工作效率的機器，添金這才意會到自己長久以來的愚笨，陣陣欣喜湧自他心頭。沒想到才念兩年高工的志輝，平時對他責備最多的孩子，竟然突然間長出一個會「發明」的頭腦。他搖搖頭，小聲地罵自己：「我添金才是大憨頭。」

在他一旁站得很久的寶猜，看他神情有異。叫道：「一個人站在那兒憨笑，笑啥？你起狷(瘋)是嘛！」

「你才憨呆，你生一個會發明的天才後生，莫宰歡喜。」

「你是講大後生阿賢？」

「不是大後生，是細漢後生志輝。」

「阿輝？跟你一樣憨頭憨腦，會發明啥？」

「莫講你不宰，你看，阿輝仔給我改裝自動設備，效果好眞多。幹伊娘咧，册莫白讀！」說著試一下機器給老伴看。

「莫想伊娘是甚麼人？無伊娘我寶猜抱胎十個月，安怎會生聰明的囝仔？」

「放屁！像我愛動腳動手，才會生——。」

「好啊啦！攏總像你好莫！有歡喜莫？」

「這樣，差不多。」

寶猜突然想到一件事。

「喂，老猴！阿賢給我兪講：講伊考到叫甚麼公費留學考試，眞害喲，咱宅不是開金仔山。」

「三八查某，考到公費上好呀！卡省錢，你煩惱啥？」

「令查埔人攏不宰查某人的輕重，查某人操煩的事總是有一大堆。你看：我叫慧玲國中畢業就好，查某囝仔人早晚是別人的，快去賺錢，好去買嫁粧，她都不聽！哎！」

「你要換頭腦啦，讀册就是伊喲嫁粧，你宰莫？」

「我是不甘看你拖磨，拖到甚麼時辰才會出脫？敢罵我愛換頭腦，好好。」

「安啦！我有够力啦，你不信再生兩個，我還是會送去讀册。」

「不驚見笑的老猴，頭毛都白葱葱，實在對你眞無法度！」說著手指頂住添金的前額罵道：「憨頭老爸。」

「你罵我憨？憨人那會娶一位好牽手？」

添金看到老妻甜甜地微笑，低下頭去。

「寶猜！寶猜！你怎麼啦？」

抱著老妻垂下去的頭，添金知道事態不妙，因爲她曾患過輕微的腦溢血。

「寶猜，快清醒！快——。」

眼看他老伴全身顫抖，口吐白沫，火急送往醫院時，已經不省人事，奄奄一息了。

對這樣晴天霹靂的遽變，叫添金全家大小如何承受這事實？當鄰居們獲知這不幸訊息時，都認爲隨夫吃苦多年，已經快熬出頭的寶猜，不應該倒下去。

在瀰漫愁雲與子女哀號聲中，她靜悄悄地，默默走完她一生旅程，盡完她對這個家庭應盡的力量。

靈桌上放著一張紙，上面寫着：

「敬愛的媽媽，您一生勞累，未嚐甘霖，爲了我們您付出得太多，太多了。當我們已經知道上進，想分擔您的勞苦，正需要您的時候，您怎麼忍心丟下我們？不再愛我們呢？……」

想到結縭三十年，終年吃苦操勞，沒有過一天輕鬆日子的愛妻，就這樣突然永訣，幽明忽隔，悲悽之情，猶如泉水般陣陣湧出心胸，添金眼前一片模糊。

「寶猜，你不能走，要走咱兩人同齊走。你走了這間厝已經斷了一隻大柱仔，你宰莫？此去日子漸漸好過，你不能走，你不要走！」

凝視著他老伴十分堅強的神情中，略帶微笑的遺像，添金低聲呼喊：「寶猜，再叫我一聲憨頭老爸好嚥？」

可是，他永遠聽不到了，永遠不會再聽到那情篤、可親的呼喊了。

——原載七十七年五月十二日《臺灣日報》

米籮的故事

好一個清朗的週末，我在陳家閒聊。陳家客廳東南向是一大塊透明的落地窗，向外望去，前方一片青翠迷人的田陌，一直延伸到遠方山麓，如詩如畫的景緻，盡收眼前。

陳兄兩位在臺北就讀大學的子女，剛回家度週末。從他們簡樸、乾淨的衣著打量，實在無法看得出他們的老爹，是位家財萬貫頗孚名聲的電器工廠老闆。

到陳家已經有好多次，每次我的視線，都會觸及客廳一隅的米籮和烏亮的扁擔，室內裝璜談不上華麗堂皇，但那扁擔米籮，直覺上給人一種不很調和的感受。好奇的我，直想探個究竟，卻常被其他話題切斷。

終於在今天，迷津得到了解釋。陳兄沏了一壺茶，紅著臉，向我提出：「請不要插嘴」的要求，我只好靜坐在靠米籮的藤椅上，像位小學生專心聽老師講故事。

那該是快半世紀前的事情了。

我是臺灣光復前十五年，出生在三房二十多人口的家庭裡。我大伯、二伯的子女很多，像連串的豆莢一樣，我的父親排三。小時候，我們兄妹倆常哭鬧著要找阿爸，奶奶常告訴我們：「你阿爸去很遠的地方做生意，要好久才能回來，賺了大錢，會買很多、很多餅給你呷！」

我們家有一甲多田地，那是租來的，地雖不很肥沃，每年兩季收成，總有六十來擔穀子。可是曬乾的穀子，一年要被地主搬走四牛車，眞正可以挑進貯存的實在有限。穀倉牆上常貼著：「五穀豐收」、「乃積乃倉」的春聯，但從來就沒靈驗過。

還好，屋後是連綿的山地，山上有一大片茶園，在山坡上長著毛蕨、茅草及不知名的雜木，有了那些草木，家裡就不愁薪材燒炊。後山裡，還有一口似乎吐不完煤炭的礦坑，山地也就成了我們鄰近人家的「生命根」，採茶、挑煤、砍材、採野菇都能賺錢，賺來的工資儘管必須付出相當的汗水，畢竟，它是每戶人家視爲貼補生計的「錢窟」。

大人們白天要做工，村婦們在夜間，也有她們例行的作業，拖著白天工作後疲憊的身軀，快快洗完澡，就開始編製斗笠。因爲山上有不花錢的竹材和竹籜（桂竹筍殼葉），祇要肯花時間去採摘，就有取之不盡的材料，自然也就成了她們最省本的副業了。

忙碌的大人，因此無法留心孩子們的起居與課業，其實也不知道如何來照顧，因爲大多是目不識丁，並且，都篤信只要三餐有得吃，孩子那有長不大的道理。在他們的思想裡，能給子孫「讀册」，已經十分風光，若是小學畢業也就相當體面了。書讀得來的，頂多再送去念兩年高等科，算是功德無量。要是那家子弟考上中學，簡直像中了狀元，會震撼莊頭莊尾，顯祖耀宗一陣子。但絕大多數爹娘，都不敢有那份奢望，最主要的原因是大家一樣窮困。

小時候，我很貪玩，讀書對我是十分痛苦的負擔，我常常背著鹹草書包（大甲藺草編製的袋子），逃課溜到後山去玩樂。自己一個人可以玩個大半天並不難，學習樹上白頭翁、斑鳩等各種鳥類的啼叫，成了我的必修課程。有些鳥，聽到我的模擬聲，還以爲牠們同類的呼喚，飛快撲向我身邊來，我覺得快樂似神仙。

奶奶常指著我額鼻說：「在米籮內大漢的囝仔！」她說：那時候家裡孩子多，孩子的媽不是下田，就是上山，所以照顧嬰孩的事，就落在她身上。又說：背那個都不公平，又無法同時背上兩個。因此，就拿舊車胎內胎剪成長條，一頭繫在米籮的麻繩上，一頭絆在屋樑上，她就在幾個米籮間走動，一邊拉動具有彈性的膠繩，籮中嬰兒，就在上下左右搖晃中熟睡，那是她最得意的發明。

稍長，我還是跟米籮結緣。

每當母親挑點心給插秧或割稻的師傅吃，一邊籮裡裝的是稀粥、醃瓜、鹹魚等小菜碗盤，另一邊籮中就是我。農閒期間，爲了補貼家計，母親要上山替別人家採茶菁，挑著空籮的一邊是我，另一邊放著跟我同重量的石頭。回來時，一定裝滿一籮撿來的薪材，另一籮中坐著一個似懂事卻怕走路的我。

收成的季節裡，大人們濕透滿身衣褲彎著腰，在田裡忙著割稻。一擔血汗換來的稻穀，把扁擔壓得向兩端下垂，奏出純樸的音符，也許單調，卻濃濃地蘊藏著收成的喜悅與聊可自娛的樂章。

接著，是忙碌又緊張的「六月冬」（第一期收成）。家家都在趕忙整地、下種及插秧。大人們把孩子放在笨重的木梯上，梯的兩端絆著麻索來拖曳，那是爲了蓋平秧床地面，然後米籮裡裝滿著急急萌芽的稻種，接著，穀粒被均勻地撒播在秧床上，新的生命在艷陽下逐漸滋長茁壯。不久，又會結出許多希望的穀粒。孩童們有機會坐在木梯上，享受被大人拖在田面上滑行的短暫樂趣，該是農村裡大人與孩子間，最親切、最難得見到的親子畫面了。連白鷺鷥也在我們身旁，分享了一份親情，一邊忙著尋找田泥中的小泥鰍。

秋收之後，大人們清閒多了，男的去玩不同顏色的紙牌，有些人在平滑光亮的大石頭上，起勁兒的丟著銅板玩，一邊喊叫，一邊把自己大腿打得紅腫、發青，目的只爲了幾根粗劣的香菸。婦女們也開始忙著修補、縫製衣物，在她們拼湊縫補的精巧手藝中，舊衣布也會變成孩兒們迎春的新衣裳。

秋天裡，難得的暖陽下，最叫孩童雀躍，不是玩著自己用水柳仔或番石榴樹幹刻製的陀螺。再不然，就是捉弄冬季覓食的痲雀。記得常跟著伯父的孩子們一塊兒捉鳥取樂，我們把米籮倒翻過來，再用一根竹子撐住，竹子拴上一條長長的細痲繩，米籮下撒些穀子，然後快快躲到屋角，急著覓食的鳥雀，從屋頂快速飛向地面，毫無顧忌地啄食穀子。我們高興地把繩子一拉，倒蓋下來的籮中，就會有不少隻小鳥。痲雀爲了尋找出路，急忙鼓動飛羽直撞，終也難逃被捉弄的命運。

有一回，爲了捉捕籮中鳥，把米籮底壓壞了一大洞，其實那是舊米籮。大伯父的孩子，本來就比我貪玩，又會欺小，他們硬說是我壓壞，結果被母親痛打得臀部發紫。我母親淌著淚，罵我：「莫路用的囝仔，人家二伯的囝仔個個愛讀册，你將來會做甚麼好頭路，敢有甚麼出脫……。」

罵是罵，天底下沒有不愛自己子女的父母。那時候，絕大多數的孩童都是「赤腳仙」，沒有鞋子穿，是共同的標記，誰也不必笑誰。記得快過年的時候，母親給我買了雙布鞋，我高興又驕傲的流了淚。那雙鞋子是逢到甚麼慶典佳節才捨得穿著，平時上下課的路上，一定脫下來提在手上，寧願讓腳底被石頭磨傷，也不願意心疼的鞋底磨損，當然，也有意讓別人留心，有鞋子的一份自滿與傲氣。但那祇是瞬間掀湧的激情，很快就被另一波痛苦所擊散。憑良心說，那雙布鞋給我太多、太大的精神負擔，我知道，那是我母親不知付出多少汗珠的工資換來，我感到旣奢侈又悲哀。

記得念小學六年級的時候，隔壁土牛叔家在割稻，大人們趕我們去撿拾落穗。撿稻穗要眼明手快，要勤勞的尋找。否則，一天也撿不了多少。土牛叔看我撿拾得很勤快，也許看我體小可歎，調侃我說：「一穗穗撿，多累！如果有辦法挑得走，我這擔穀子，你就挑回家好啦！」

我咬緊牙根，使出全身力氣，把約莫有一百多斤的濕穀，一口氣挑到家門口，害得他目瞪口呆。當我把扁擔平放在肩上的刹那，我已經下了很大的決心一定要辦到，我似乎看到母親就在面前，正挑著薪材，走在崎嶇的山坡上。我一步接一步地踏實腳板，行走在猶如鐵軌的田埂上。突然，發現自己長大了許多，那眞是懂事之後，第一次深遠而充滿自信的感受。

從那一次叫大人吃驚之後，我對米籮增添了更深的情感。碰到農忙期，我開始給鄰居人家做工或打雜，賺來的微薄工資就成了解決部份學費的來源。另外的理由則是為了吃別人家難得見到的一餐魚肉，來補給一下長時間缺乏「油水」的胃腸。

我考上中學的消息，像風吹一般，很快地傳遍全村。村內就因為祇有我一人，才讓人稀奇，或許在村人心目中，我不是讀書的料子，所以更叫人不可思議。平心說，怎麼考得上？甚麼時候愛唸起書來？連自己也莫名其妙。其實，我還不是跟伯父們的孩子一樣，晚間擠在公廳的方桌，在一盞微弱的煤油燈下一塊兒讀書。常會聽到大伯母一邊嘮叨，說煤油太貴，直催早點兒睡覺，明早起來還要牽牛出去放尿屎，去澆菜……。

我心裡明白那是有原因的，她自己孩子不愛唸書，看我們想多唸些書，她當然眼紅，而她的嘀咕，正合我胃口，我也正希望能早點上床，因為每天一大早，就有機動性工作，而那些工作又必須在上學之前做完。自從我奶奶身體欠安後，大伯母就成了我們家的「統帥」，大伯父往日的威風，似乎遜色許多。

有一天，鄰居阿金婆對我母親說：「你尪（丈夫）全無音信，你一個查某人那有可能供囝仔讀中學？讀冊敢免用錢？讀小學卒業都眞好咧！」

「再講，你已經活活守寡五、六多，你那有適當的人去靠，無人敢講閒仔話。」

我祇看到母親滿面淚水，沒有說半句話，就像平時暗地常哭泣一樣，年幼時不能理解甚麼原因。祇記得有一回，在深夜裡，看到她在神明前虔誠地禱唸，然後擲下三次「神杯」（筊杯）之後的第二天，房裡放了一塊神主牌（靈帛），當初，我全然不知道甚麼用意。

自從無意間聽到阿金婆那些話之後，我心裡終日淤塞著一塊凝重的結，痛苦、疑惑的心結。在我奶奶病危的一天，我伺候她床邊，我問她：「爲甚麼從小就沒見過我阿爸?!」

她一聲「可憐的憨孫」之後，祇見她淚水像決了堤的河水，順著她滿臉橫紋的雙頰淌流著，我跪在她面前泣求。

「乖孫！阿媽老實甲你講，你阿爸給官廳調去做日本兵了，一去全無伊半張信……。」

父親到底長得甚麼模樣？我實在沒有深刻印象，頂多從懸掛在壁上的鏡框中，去尋思，去追念……。聽說肩膀上披著一條布條的人，就是自己阿爸，他跟伯父們站在一起，人影不大，加上相片已土黃，因此更加地模糊了。

隨著年齡增長，我完全懂得領會失去父愛的孤寂，也懂得如何排斥險惡於淡然。我開始知道，要成為像樣的人、有用的人。

相當勉強地唸完初中，好不容易才獲得母親首肯，投身在臺北一位親戚家當電機修護學徒。跟我同時間去的師兄弟，做不到半個月，再也沒有他們的影子了。早年當學徒可不是好受的，為了學藝，能換三頓粗飽就很滿足了。三年四個月後，帶著「出師」的喜悅，抱著一顆嘗試與幾份自信，開了一家小規模的電機行。又經過一段長時間的慘澹經營，最後才決定投資設廠。

在我開設電機行那天，我母親最得意，笑得最開心。但是她還沒有看到我的廠房落成，就撒手仙逝，她沒有享過福，也不知道甚麼叫做福，這是我最感不安，最遺憾的事。

她過世後第六年，我把她的「金斗」（放骨骸的甕），放在她生前心愛的這擔米籮的一邊，另一邊是她最喜歡的鹹菜干蒸燉三層肉（五花肉）、金柑仔糖、米粿等食物，還有裝不了、訴不盡的滿籮鄉情與親情，挑向她生前上山必經的村道，讓她永遠安息在長年駐足的山崗上，好讓她那份濃郁的鄉思情，一塊兒埋在故鄉的泥土裡。

至於我父親到底是生？是歿？到現在還不得知，但渴望我阿爸能像神仙，奇蹟般出現的祈禱，也許是寂寥的期待。但是，我活著一天，這顆心願，就會活著一天！

× × ×

陳兄一口氣訴說完後，長長地感嘆的那瞬間，我倆視線不約而同眺望遠山。午后的陽光，正灑在那山坡上。

離開陳家之後，一路萬分愧疚與不安，一擔粗魯、不起眼的米籮，竟裝滿了陳家老少那麼多、那麼重的情感。看他坎坷人生中，能把淚水、悲悽化成勇往直前、奮發圖強的動力，而我呢？做到甚麼？盡些甚麼?!尤其慚愧的是，不知珍惜父親留下來的唯一財產——一架書櫃，還曾埋怨它古老陳舊的面貌，會不會影響居室的觀瞻？而在幾回搬遷中，曾爲擺放何處而煩惱。甚至，還有過賣給舊木料行的一時愚昧與衝動，最後，在妻堅持下，才有它棲身之地。

陳兄與我，算是莫逆，同屬已屆知天命之年，亦曾是飽嘗憂患歲月之輩。他如此剛強不二，奮勉上進；我卻如此這般鹵莽、卑微，無知又昏瞶。

想著、走著，走到祖父母及父親墳庭前，作有生以來，第一次最深長、最痛切的懺悔。

——原載七十六年二月十六日《臺灣月刊》第五十期

玫瑰有刺

「唉！弄餐飯眞不容易噢。」趙明用過餐，洗完餐具，嘆一口氣走出廚房。

「我倒不覺得煮飯難，我最討厭洗碗盤。」劉青山隔著牆叫著。

「豈有此理——」張喜祥像在唱京戲般從寢室走出來衝著劉青山：「洗碗盤祇需幾分鐘，像咱們光棍兒，一雙筷，一個碗，頂多加上兩個菜碟兒，甭說幾分鐘，幾秒就清潔溜溜了！」

李堃是噸位大，一躺下來就不想再動的人，睡眠在他比吃飯要緊。被三位光棍難兄難弟吵醒，雖然有些惱火，但聽了劉青山的話，倒是挺順耳。因爲每餐後碗筷扔在一邊，等下餐做飯再來洗滌碗盤，是他自定的規矩。他也不甘沉默，跳下床，邊拉著褲腰邊走出來湊熱鬧：「我說劉老鄉長的話，我最中聽。你們說吧！肚子餓了才想吃飯，在沒吃之前當然有強烈的食慾，等裝飽了，洗碗盤多累噢！」

炊食、洗碗盤，這些光桿苦衷一籮筐，各持著不凡的「哲理」。

這時候，學經濟的趙明宣布他的構想：爲了節省每個人的開銷，第一、咱們應該合起來搭伙。第二、不僱傭，採取輪流掌厨方式，免得每個人爲吃飯浪費太多時間。第三、爲維護健康，自己親自下厨，既衛生又可靠。

大夥兒聽來，覺得蠻有道理，平靜了片刻。

「這個……」張喜祥摸摸後腦思慮，最不愛燒飯的他，想到如果輪厨，要做一堆人的飯，不等於自投苦海。

「我看，方才咱們不是鬧成二對二的局面嗎？索性分成兩組，一組負責炊食，一組專司餐具及厨房淸洗，附帶擔任採買。」趙明又提出補充建議。

「也好，咱們就試試吧！」李堃欣然接受，顯然他對炊食有興趣，他使個眼色要劉靑山跟他站在同一陣線。

「試一陣也好。」劉靑山回答得很勉強。

四個單身大漢，爲了「吃飯難」爭了半天，終於做了這樣的決定：劉、李負責炊食，張、趙專任洗滌餐具，附加採購業務。談妥採取三天輪換制，並且從翌日起生效。

開始幾天，弄得還算不錯，有條不紊的。尤其李堃對麵食有幾套手藝，正給他大展妙手的機會，今天弄餃子、鍋貼、烙餠，明天來個𩟔鍋麵、刀削麵……的連串花招。可是，一輪到劉靑山可就慘了，像隻落湯鷄，滿身臭汗，他也不甘示弱展露兩手，但一向怕痲煩的他，三餐都簡化成兩餐，還自尋苦惱幹嗎？有好幾次想提出廢除輪厨的意念。細想，卽使要廢約亦該隔些日子再說，他忍氣吞聲地苦撐了三度輪番，這對他來說，已付出了平生最大的能耐了。

「我看，還是自管自的好，別來這套花樣！」劉青山不再保持沉默，當衆表示。

「嘻！既然經過大家同意的事兒，怎能輕言違約？」趙明故意攤牌，其實並不當眞。

「哼！又沒有明文簽約，再說也沒有期限。我不是說：試一陣也好，隨時都可以取消的。」劉青山認眞起來倒也有幾分執拗。

其實，大夥兒也沒有爲難他的意思，這些日子來，看他那副可憐相，早產生了惻隱之心。但大家認爲卽使要取消，話該留給老劉來提比較過癮。

趙明笑裡藏譏：「每當看你那可愛又可憐的模樣，我們早有意……。」

「得了！少賣弄人情吧！老鄉。」劉青山不領情。

「說句眞心話，老李那套麵食手藝，吃起來眞够味兒。」趙明仍不肯放過機會：「一輪到老劉呀！我的肚子，始終覺得……覺得……」

「始終覺得沒塡飽對不?!這大概是標準答案吧！」張喜祥缺德，補上一句。

三人笑成一堆，劉青山亦覺得既然已經擺脫了枷鎖，祇有陪個淡淡的微笑。

「依我的淺見，咱們應該僱個傭人才是上策！」劉青山開口建議，把視線朝向大家，想爭取同情的附議，結果獲得了趙、張二票同意。

「我看，這個——」李堃遲疑半晌，直覺告訴他：一僱傭人，一定有自己的痲煩，因爲四人當中祇有他是學商的，再說僱人總要多付出費用。

「喔，我明白了，老李一定怕管帳。放心，大夥兒輪流來，要不，我姓劉的負全責！」四個人完全同意僱傭，於是四處張羅。

第二天，十二號宿舍傭人阿桃介紹叫阿里的來應徵，劉青山心裡悶悶的，看她又黑又胖的體態，半天沒吭一聲。其實這也不怪他，都快四十了，一心想快快搬離那單調的光棍宿舍。

「爲啥沒僱成？」李堃明知故問。

「工錢太貴！」劉青山虛應一句。

「我看不見得吧！人雖然不美，說不定心腸是美的喲！」趙明最愛消遣別人，劉青山因心思被洞察，臉上飛過一陣羞赧。

「祇好另請了！」張喜祥想化解尷尬。

隔日，阿桃又介紹名叫玫瑰的來面試，這回，劉青山臉部表情十分開朗，看她水汪汪的雙眸，苗條的身材，錄用的或然率極大，是同夥們可以料得到的事。

玫瑰能操一口流利的國語，她自己說是因家境不好，已經在外頭幫傭多年，祇是烹調技術不很好，還要請多包涵……。

「沒關係，慢慢來，這沒有甚麼困難的！」劉青山興趣十足地搶先鼓勵她。

劉青山在機關裡擔任的業務比較輕鬆，加上距宿舍又近，常可以溜回來教她手藝。他把麵食製作技巧毫不保留地傳授給她，她很靈巧、聰敏，不久也完全領會了。原先閩南語只會一句莫宰羊的劉青山，在她調教下，方言也大有進步。從此，單身宿舍不再孤寂，不再單調，歡笑聲加上炒菜鍋鏟、湯匙聲，此起彼落，好不熱鬧，也改寫了生活的情調。

櫥壁上的日曆一張張撕去，劉青山與玫瑰的感情亦日見濃厚，伙伴們看在眼裏，亦喜亦憂，年齡的差距叫他們替他憂慮。

彼此熟悉後，她開始攢點兒買菜的小錢，後來亦時常順手帶些白米回家。其間，被劉青山撞見過，他沒有爲難她，只說萬一被人看到了不好。短時間內，他的勸告尚能發生效果；可是日子一久，她又故態復萌，後來竟敢出入他們的房間。

有天，被李堃碰個正著，他機警地跑進去查看。

「哎喲！不得了，我新買的手錶不見了！」那是李堃準備送給女朋友的，他這一尖叫，驚動了剛下班回來的伙伴，大夥兒急忙奔向自己房間。

「我壹仟塊不見了。」趙明跑出來報導災情。

剛從街上散心回來的劉青山，聽到竊訊後，也快步進房查看。皮箱、衣櫃亂成一團。仔細驗點，少了一只三錢的戒指。他氣憤憤地叫著：「快快去報警呀！」

「看她心眼眞是壞，平常咱們待她好好地，那天虧待過她！」李堃一臉青白。

鬆。

「可不是嗎！」

「……」

劉青山站在一旁，聽不懂他們的對白，半晌才問：「你們已經知道誰是賊啦？」

「甭說咱們待她不錯，看在老劉份上也不該這樣狠！」張喜祥沒有損失半樣東西，有些輕鬆。

這下，劉青山才弄明白，「你們說玫瑰她……，這事可不能亂講喲！隨便誣賴別人是不道德的！」

阿桃剛好過來，她說玫瑰後天要訂親，她說：「玫瑰稱讚李先生人眞大方，送她一只精美的手錶。劉先生送她一只金戒指當紀念品。看玫瑰高興得直流淚，感激得全身發抖哩！」

「哎呀！她要訂親，送錶的可不該是我李某人！」

劉青山愣在那兒，沒半句話，臉上一陣紅，一陣青。

「算是咱們看走了眼，人家三號宿舍的阿香，人長得並不怎麼樣，可是在我們眷區裡可是待得最久的好傭人哩！」張喜祥始終輕鬆。

「那知道玫瑰有刺！」劉青山沒頭沒腦脫口說了一句，立刻發覺不妥，臉上通紅。

趙明聽老劉這麼說，本想及時補上一句，看他亦怪可憐的，在心中罵道：「虧你說得出！」

「事情已經落到這田地有啥法子呢？還是吃飯事兒要緊喲！」張喜祥又是京戲調兒。

「我看，還是各管各的好。」李堃想回復獨自處理。

「我覺得輪著來亦挺有意思嘛！」趙明又逗弄老劉，眼神落在李、張二人身上。劉青山急忙提議：「還是僱個佣人大家輕鬆。」

「可不要再引狼入室噢！」李堃故意提高音調。

「我不反對僱佣人，但是得考慮、考慮人選囉！別再鬧出問題來。」張喜祥提醒大家。

劉青山似乎對阿里還存著一份感歉的意念，所以提她作爲第一個考慮的人選。

「三號宿舍阿香說：她有位朋友，人長得很甜，據說比玫瑰還要美，還……」不等趙明說完，劉青山急忙說：「還是把阿里僱下來算了，漂亮有啥用?!」

三人又笑成一團，弄得劉青山打著自己的腦袋，擠出一絲連自己都感到難堪的苦笑。

赤子情懷

每天晚上，大成總是做好課題，溫習一下功課之後，習慣地站在他父親靈前默禱一分鐘，然後才進臥房。

躺在床上的他，不知怎麼地毫無睡意，硬閉上雙眼還是無法入眠。凝視被漏水染濕而發黃的天花板，像是地理課本上許多國家或島嶼。老鼠在板上追逐著，像是在賽跑，不時把灰塵輕輕地撒落在蚊帳上。隔著蚊帳看去，一盞微弱的日光燈邊，一隻金龜子盤旋着，燈光顯得忽亮忽暗。

「波！」一聲，小金龜摔到地面上不能動彈，眼看這一幕昆蟲掙扎情景，一股莫名的心酸湧上他心頭。父親的音容即刻映現在他眼前，不聽話的淚水滑過兩頰落在枕頭上，他全身像被塊大石頭壓著似的，難過極了。

「如果父親能够復活起來，該有多好！」他想。想到三個月前……父親牽著他正走在路上，突然後面衝來一輛卡車，轉身看到父親在車輛下抖顫，全身沾滿了血，然後被送到醫院……媽哭泣著、哀號著。

父親死了，那能繼續升學？我要賺錢醫媽媽的病，我要讓弟妹讀書……。正想得入神，隔房傳來低微的呻吟，大成一骨碌從床上跳下來，倒了半杯冷開水，小心地把強胃散送進母親口中。

「媽，您身體要緊，暫時別再去做工好嗎？」他感到喉管梗塞，雖然在那蒼白而憔悴的臉上，浮現一絲堅強的笑容，仍然無法讓幼稚的心靈感到些微的平靜。

「大成，媽的身體不要緊的，你要好好地用功，你一定要繼續讀書，這是你爸的……」

在母親的懷抱裡，大成逐漸地恢復安靜。

翌日，老師宣布下週六前，每人繳二十五元班費，大成整天爲班費的無著落焦慮而無心聽課。該不該向老師坦率訴說家境的困窘？他不斷地問自己，可是一想到上星期學校舉辦遠足時，爲了帶兩個飯團，被同學譏嘲的情景，心裡已經够痛苦了。想到那件事，鼻子就發酸，頭一垂，淚水滴在筆記簿上。

老師輕輕拍拍他的頭，他感到耳朵熱騰騰地羞赧，全班同學銳利的眼光，正像千萬支箭矢射過來，他努力抑制自己專注聽課，可是黑板上的字非常模糊。

下了課，同學們圍住他，問長問短的，是安慰？是好奇？他實在分不清楚。

午後下了一陣豪雨，五點鐘不到天已經黑了大半，同學們都由家人或佣人送來雨具，一個個被接了回去。大成一個人癡呆地望著鉛灰色的天空，看著雨點與地面濺飛的水珠入神。

「媽一定很焦急。」他不安地想著。

「不！我不能讓母親太勞累！他們都是懦弱者！」想著、說著，已經跨出一大步離開學校。雨點亦變小了。

突然，他腳底碰到一包東西，撿起來一看是個小錢袋，他喜出望外，快快塞進書包裡，但心頭卻猛烈地砰砰跳著。

「不用向媽要錢啦！」他興奮地自言自語，加速了腳步，可是回頭張望，看到一個垂著頭的小人影，他下意識地邁開大步往另一個巷道走去，心跳卻更加急促，雙腿像著了甚麼魔似的頓時發軟。

「朋友，你在找東西？」大成上前詢問。

「我……我掉了三十塊錢，那是我賣報的錢…我又要挨打了……」

等不及他說完，大成掏出小布袋，他高興地雙手發抖接了大成手上的東西。

「十塊錢給你，謝謝你！」

「不！那是你辛苦賺來的，我不能要！」大成退縮兩步。接著他以期盼的眼神望著對方「不要謝我，如果你肯幫忙，請你幫我也找個賣報的工作好嗎？」

「你也想送報哇？」大成毫不保留地吐訴自己家境的困窘，兩顆童心就這樣融通了，也許是因為同是命運坎坷的緣故。

回家路上大成有太多的心願：「賺了錢，第一件事要繳班費，第二件事要慢慢儲蓄起來給媽治病，第三要……」

盼到孩子回來的母親，緊捉他肩膀追問：「上那兒去了？這麼晚才回來?!」他知道如果把售報的事誠誠實實告訴母親，她絕不可能答應的，因此只能順口應了一聲「我在學校看書」，就悄悄地進去房間。

「晚報——晚報——」有生以來第一次叫賣，聲音有些膽怯，怕碰上熟人，把帽子壓得低低的。可是想到必須賺錢，爲了自己，也爲着家庭時，所有顧忌完全抛棄在腦後，他邊走邊叫喊，音量就愈足，膽子也就更大了。

「晚報」有人招呼。

他高興地一個急轉身快跑過去，差點兒沒接上氣。掛著一付金框眼鏡的壯年人接過報，翻了幾下，約略地過目大標題，這時候大成心頭掠過一陣不安，他聽說過有人翻兩下就不想買。

「拿去！」買報的人把錢丢進大成裝報的袋子裡，他連忙點了幾下頭道謝，轉身又開始叫賣。一股暖流滲入他全身的細胞，那是因爲第一次靠自己賺錢的喜悅感受。

晚秋的街頭顯得有些淒涼、冷清，行人不算多。

「够了！班費够了！」他興奮地在心裡叫着。

回到家，鍋裡的飯菜還散發著溫過後的香氣。他餓極了，一大碗的飯菜，吃得乾乾淨淨。抖落了全身的疲憊跳上床，那是他睡得最早的一夜。

「賣報的工作要持續，但不能影響功課。」他對自己訂下這樣的要求。所以決定星期一、三、五下課後先去賣報，二、四、六回來吃飯後說去補課，利用那時段去售報，這樣就可以避免母親起疑心，他躺在床上擬妥了詳盡的計策。

兩個星期後的一個傍晚，大成用過晚餐正準備去售報，突然，看到老師向家裡走過來。他轉身拔腿就跑開，大成的母親看他行止異常，問他看到甚麼？

「老師來了，媽告訴他我不在就是了！」

老師一進門，視線觸到桌上兩樣簡單的菜盤，老師說明來意後，問及大成在家的情況。

「……」她不知道怎樣回答老師。

「噢，我是說：大成每天會主動溫習功課嗎？」

「每天回到家都很晚，他說老師義務爲他們輔導課業，眞是太麻煩老師了。」

老師緊皺一下眉頭，那表情叫她立即感到一種不安，她垂著頭，像在法官面前被提詢的囚犯。

「大成不在家？」

「剛才見了老師來，他從後門跑出去。」

老師臉上蒙上一層陰雲，顯然大成在畏避甚麼？他到底在想甚麼？一向乖順、聰明用功的孩子，突然變得孤寂、沉默，那是因爲失去父愛後可能的反應，可是學業大不如前……又是甚麼原因？老師苦苦地思索著。

「是這樣的，據幾位同學告訴我，有幾回看他夜間還在街上遊蕩，不知道家裡叫他做些甚麼沒有？」

「……」

「前些日子，向家裡要過錢嗎？」

「沒有！」

「噢，那是班費，金額不多。」

老師沒再問下去，最後安慰道：「您不要傷心，相信大成不會做出我們不願意看到的事。」

「相信他是個好孩子！」老師告辭時再次堅持說。

目送老師的背影，她心亂如麻，急忙披上外衣，奔向街頭。

「晚報——晚報——」

遠處傳來熟悉的聲音，遠遠望去正是自己心愛的大成，她沒有驚動他，豆大的淚珠像決了堤的河水直瀉下來，模糊中她看到一個人影緊抱著大成。

「媽！我對不起您。」

「老師，媽，請原諒我！」

大成投入母親懷裡，緊緊地抱著母親。

突然，一陣秋風呼嘯而過，報紙一張、兩張，在夜空中飛揚。

——原載七十六年六月廿一日《現代日報》

故鄉的山川

我的家鄉，祇是一個小鎮。沒有風景遊樂區那綺麗迷人的景觀，亦沒有熙熙攘攘的熱絡人潮，正因爲她清純質實，叫我難以忘懷。

湛藍的天空上，朵朵白雲依偎著青峯翠巒，把她的丰采忠實地映印在清澈的水面上。天空有飛禽自由飛翔，鳥瞰眼底無盡青山，田野間，有不知名的蟲鳴鳥叫，此起彼落，演奏著賞心悅耳的曲調。

故鄉有蜿蜒的河流，環繞市郊或貫穿城區，較大的有南崁溪、茄多河，比較狹窄的有東門溪、南門溪。無論河流大小，水流長短，所有河流都流水清清。楊柳、苦苓、水茄多及許多花木點綴兩岸，隨著四季更替，散播著芳郁花香。不同種的鳥類棲息其間，生活得既恬靜又安詳。數不清的小生物，無憂地遨遊在兩岸的天地，河流裡貝殼魚蝦豪情地保存著繁衍不息的權利。

近郊的桃花山、虎頭山、壽山情篤地毗連成鄰，然後綿延往遠方的中央山脈。近山的黑松、桃樹、相思樹林，綠蔭如帳，排列整齊的茶樹，有了樹林的呵護，受著朝露與暮靄的潤滋，披上一層亮麗的衣裳。每到入春時節，桃花開滿樹上，碧綠的黑松把桃紅襯托得更誘目。我依戀地常徘徊花林間，久久不想離去。

山谷澗水潺潺，終年不息，兼具淨化、美化與儲蓄水分的功能。長帶狀的梯田沿著山坡，緩緩而下，然後連接一片遼濶的田原，農田有了山林的潤澤而相得益彰。

勤奮的農民忙著春耕，然後信心十足地等待收成。春天裡，田陌上農民吆喝著水牛耕地，忙著尋覓田中泥鰍的白鷺鳥，輕盈地飛躍在碧綠的田間，有的在牛背上呼叫同伴來享受美食。秋天裡，彎著腰忙著收割的莊稼漢，不時與山上採茶的村姑互應山歌，連大地似乎亦在朗誦詩章。田地像是一張稿紙，農民正寫着詩篇，整地播種時留下逗點，施肥灌漑時記下頓號，收成滿筐時，圈上詩章中最後一個飽滿的句點，世間再沒有比這更動人心弦的作品了。

記得兒時，常約三五同伴，攀援山石，遨遊羣山。有時，雙腳浸泡在清涼的溪水中；有時，隨波追逐打一場熱鬧的水仗。興致來時，捉弄溪石間觸覺敏感的溪蝦，把它軀殼一剝塞進口中品嘗那原始的鮮味。撒起野來，把農田小溝用泥塊一堵，用手撩撈大半桶泥鰍回家，大快朶頤。農人們生怕禾苗被踩傷，遠遠地吆喝叫罵：「夭壽死囝仔……」的追趕中，亦爲童年留下無窮的甘美。

誘人的清水是兒童青少年消除酷暑的好去處，溪流是兒時的天然游泳池。除了顧忌水深湍急處止步戲泳外，整條河流任你享有。有次，徐君不愼游入深水，溺在水中，幾個同學在驚慌中還能鎭定心神，從清澈的水底把他撈救上岸，然後以似懂非懂的方法，進行人工呼吸。結果眞的把他救醒，還受到英雄式的歡呼。活到快六十的他，想起那怵心的一幕，帶著幾許由衷的心意，想去憑弔那一泓清潭時，沒想到清冽的流水已然一副不堪入目的齷齪相，叫他驚異、失望。

那秀麗的景色，甜美的憶趣，隨著年齡增長，時光移轉，已離我遠去。不到廿年時光，故鄉近郊的山林，在人們愚昧的濫伐、亂墾後，林木先後枯乾凋零，正如廿年後的我，髮絲稀疏，發黃中夾雜灰白的無奈。

工商業飛黃騰達，使天地蒙上了一層汚穢。爲了避免渾濁的汚水露影眼前，不惜耗資千億，把溪面覆蓋。再以花木或硬體設施移轉視力，讓醜陋永遠離開我們身邊。可是一場豪雨，汪洋澤國上卻漂浮著更多原先被人遺棄的廢物，這不是流水提出了無言的抗議？

文明的現代人，在享受物質生活的同時，亦逐漸體會出精神內涵的充實。爲了精神生活的昇華，以人工替代了自然景觀，企圖將天然之美溶入市中。格調也許稍嫌單調、俗陋，總覺得聊勝於無。因爲人類太忙碌，愈忙，就愈遠離自然。卽使有能享受天然美景的短暫時刻，亦由于渴望家裡面有一簇新麗，乾脆把天然景物帶回家中。結果，樹形走樣，花姿失色，在人們一場歡樂遊憩後，原本整潔、秀麗的園地，亂成一堆、狼籍不堪，叫人觸目感傷。一向崇尚自然，愛惜自然，講求天人合一的一等國民，絕不願意看到那種景象。

街道上刻意種植美化環境的花木，亦因爲我們過份發達的交通與膨脹過度的車輛，以不能容忍他人超前的車速，替路旁花木更換了一身灰色的時裝，剝奪了她們應有的綠意。甚至因花木阻擋了視野，擋住了他的財路或自家轎車的通暢，遭到連根拔除的命運，還一付理直氣壯的模樣。

農人們最關切收成的豐歉，因此祈求風調雨順，五穀豐收。以前，歉收的主要原因有旱災、水災與病蟲害。但水旱災不常見，歸功於早期山林的維護及對濫伐者施予嚴苛制裁的法令。現在幾乎不可能有旱災，那是由於我們建造了多元化水庫，亦重視育林、保林而發揮了治山防洪的效益。四十多年前嘉南地區的看天田，已成爲歷史名詞。病蟲害少了很多，證明了我們農技的精進成果。可是水災仍數見不鮮，不可諱言，那是臺灣河川短急，加上河床濫墾或雜草叢生，更由於發展神速的都市帶來大量的廢棄物，堵塞了溝渠，引發不該有的災情。更糟的是，現在又多出了空氣污染與水污染。

最近嚴重的鎘、水銀、有機物、無機物等污染，聽得叫人頭昏腦脹，鎘毒所經處，作物體內多出一樣「鎘養分」，西海岸魚類受了毒，送還給人們毒的回饋。南部地區養殖人家不停地抽取大地泉源，東北角海岸興起了養殖九孔的熱潮，毫無忌憚地建設一番後，嚴重地破壞了天然景觀。在走向大自然活動中，星火燎原，燒盡大片山林，那些事端似乎與我們無關，當然就發生不了震撼與衝擊，更引不起關切的共鳴。

有人理直氣壯地說：那是我們人口稠密，工商發達的必然現象，不必大做文章。但是工商繁榮騰達，是不是一定要製造髒亂？應該會有污染？

反觀鄰邦日本，三年前，我曾旅遊自九州到北海道，所到之處給人相當整潔、舒爽的感受。他們對生態保育、景觀及文化資財之維護，有周詳完密的法令準則。以大阪來說，它是日本的重要工業大城，人口必然稠密，我特別留意流經市區的河流，結果找不出凌雜與髒亂，我不相信自己的眼睛，而同道夥伴的結論是：鬼子們做得眞不賴！

許多現代國家都很重視生態資源的維護，他們深悟大地乃是國民精神之寄託，孕育民族情操之根源。在他們的政府與民間共同努力下，培育著高度的情意與共識，而維繫了相當水準的景觀生態。深信國人亦有懂得享受美好景致的嗜好，在追求精神生活的昇華中，同時振興日見式微的公德心，是最最迫切的課題。殷待有朝一日能振醒民心，共同來挽救生態資源，進而更積極地建造秀麗家園，讓我們及下一代沐浴在和煦的陽光下，同享大地賜予人們的無汚染甘霖。

最近我們對環保工作有了新機與理念，有關單位再三表示了整飭的決心，雖不敢抱著立竿見影的奢望，畢竟逐漸引起共鳴，亦是大快人心的事。可是單靠政府有限的人力與財力，欲竟完善之境，實在困難，最重要的是，要靠每一國民先淨化自己心靈，進而培植愛鄉、愛自然的情操，樹立人人參與的共鳴。

在小鎭出生、起步，踏著輕快步伐成長的我，已感腳步老邁。來到都市多年，遠離了故鄉泥土後，對家鄉那一片平坦開濶的田陌，對那隨風起伏的稻浪，對那迎面撲鼻的野花淸香。想到那曾經留步的山崗、野林以及戲水垂釣的歡樂時光，還有那荷鋤、叱牛的農人，順應四季的農事記趣，彷彿時刻都在記憶中難予淡忘，連家鄉泥土都吐放著特殊而親切的芳香，亦因爲有那泥壤的溫潤滋長，敎我心地更加寬朗、容讓與包涵。離小鎭故鄉愈遠，愈久，兒時記憶益發淸晰鮮明，不但不因時間的距離而淡忘，反而在自覺與不自覺中悠然或猛然淸醒、廻盪。

已經有下一代，又多出第二代的我，自從住進繁雜的都市一隅後，大概因爲失去了土氣，患上了生理及精神的病疾，生活突感缺乏憑藉。心血來時，滿懷歡悅，帶領子孫返鄉，想尋回童年的天地，亦好讓子孫飽嘗泥土的芳香，可是從小孫放大的瞳孔中洞悉了他的失意。

「阿公不是說，故鄉有很多很美的山林？有很多蝴蝶、蜻蜓、青蛙、泥鰍……還有野兎嗎？」

面對小孫背熟的言語，我無言可對。

眼看幾年光景，隨著工商的快速發展，故鄉已在蛻變，人口激增，工廠猶如雨後春筍般出現在南崁溪、茄多溪兩岸。溪水變了，由淡黃、渾濁到墨黑，並且開始散發著惡臭，溪中的游魚早沒有了，午后戲水垂釣的人群亦消失了。

長久以來，一直是故鄉人生活中一部分的溪流，就在人爲的汚染下，變成了一條條已無大自然生命力的臭水溝。

擡頭遠眺，桃花山、虎頭山已經成了禿頭黃山，祇有承載著歷史，供祭忠魂的忠烈祠後山上，幾棵生命已屆晚年的老松，還堅強地、傲岸地活著，令人詫奇。大概是有了忠魂神明的庇佑，加上人類生怕得罪神靈的心理作用，沒敢砍它一枝，折它一葉。

鄰近一座垃圾山，正冒着濃濃的烏煙，心想：下次返鄉能否再看到老松的雄姿奕采？令我心憂。

亙古以來，可容天下萬物的大地，以其寬宏的胸襟包容了一切。山巒未曾口吐怨言，田野不輕易傾吐苦衷，河流亦未表示異議。

茫然地站在河口與海口的石堤上，眺望遠方是偏僻而又荒涼的村落，淒涼的海風陣陣撲面而來，我全身感到顫慄，抓著相機的雙手，不自覺地在冷風中顫抖起來。我有一股無以名狀，無以發洩的心酸，我痛哭河山受傷，我悲憫大地遭殃。此刻，有太多、太雜的感觸，像潮水般撞擊著我荏弱的心扉。

為了憑弔河川被污染的哀情，為了留下一顆沈痛而悸動的心，我終於按下了快門，把河山深沈而無奈的滄桑，留在膠卷裡。

再度遠眺無盡海洋，俯首聆聽大海自遠處傳來的迴蕩，海浪似乎捎來一陣喜訊：人心正在甦醒，污穢將流盡，大地美景會再度展現在我們面前。

懷抱一份殷切的盼望，期待下次再來時，膠卷裡眞的會留下大地綺麗、清淨美景。

——七十五年九月

回看來時路

從我懂事後，父親前後動過兩次手術；在我小學二年級時，患了盲腸炎，結果由於診斷錯誤白挨割肉之痛；第二次是在念六年級時，他脖子上長了兩三個不知名的瘤狀物，由於當時醫藥不發達，經開刀後病情反而惡化。我認爲他的健康與當時生活環境跟情緒有關，環境的乖舛，使人敏銳易感，十三歲的我，已經有相當的判斷能力。

民國三十二年(一九四三)初夏，父親辭卸公職，理由很簡單，一份根深蒂固的硬骨氣，迫使他毫不眷戀原本就相當微薄的待遇與惡劣的環境。雖然奶奶和母親一再勸他：看在生活及子女份上不要輕意辭掉工作，他仍去意堅定，拗不過家人的央求，最後他終於吐露心中的苦衷與眞情，他向奶奶說：「阿姆，死狗仔，叫我們全家改日本姓名，您要我去答應是不是？」

一向對長者講話溫和有禮的父親，此時竟激動得音調有些反常，頓時，四周陷入一片異樣的沈默，良久……良久……，從此，奶奶再也不說甚麼了。

辭卸工作後，父親就在家裡教導我們兄弟及附近孩童認識漢字與練習書法。父親漢學造詣深厚，不但楷、草書不錯，尤擅長行書。他親手寫繪的字畫有不少送給親朋好友，在他作古四十一年後的今天，仍在幾位世交家中好端端地保存著。睹物思人，大家均不勝唏噓。自己家裡雖僅留一幅，也由於逃避美軍的轟炸，幾度搬遷中沒能好好維護，以致蟲蛀多處，但那穩篤有力的筆鋒依舊。上面寫着：「芝蘭生於深林不以無人而不芳；君子修道立德不爲窮困而改節。」先人留給子孫的懿言德範，實勝於珠玉貲財。

那時，正是二次大戰期間，戰火瀰漫全球，日寇魔掌在中國大陸及東南亞地區，作最後掙扎的末期。除了成人被徵兵拉伕之外，臺灣的中小學生亦面臨殘酷的厄運。不是被調去築造軍事防禦，不然就要被調去山區墾植雜糧。除非罹患重疾，沒有一個僥倖。當時我也在被分發到角板山區墾荒的一支隊伍中。

記得在出發前，走到父親床邊道別，儘管想表現得堅強些，不聽話的眼淚灑滿雙頰，我最大的悲憂是父親的病況。心想：這趟遠去，一旦在他病危時，絕不可能回來探望，似乎有一股永訣的悲慟籠罩在心頭。

父親從病床上強坐起來，命我擦乾眼淚，緊緊握住我的雙肩，責備中含著期許：「男子漢不可輕易流淚！在這亂世中隨時都有家破人亡、悲離失散的事情。你第一次出外，在團體中要跟人和好相處，凡事多忍耐，不必擔心我的身體，阿爸會等你回來！」

在軍車將要啓動時，看到母親焦急地跑過來，不住地喘著氣，交給我兩小瓶東西，一面叮嚀著要我到了山區後，千萬要記得把穀粒撒在地上，水倒進溪流中，說那樣會水土相合，保一身平安，那份鄭重與疼惜寫在多皺的臉上，叫我更覺得離愁心酸。

車子一開動，母親的背影在飛揚的泥灰與模糊的視線中，逐漸遠去……消失。三小時多的車程中，儘管一路顚簸不堪，但我神志清明，有足够的時間召喚許多逝去的回憶……。

記得，父親的書櫃裡藏書很多，其中有幾册始終深鎖在抽屜裡。有次趁他出張（出差）時偸偸翻閱，有中國歷史、地理，名勝古蹟，而其中一册「中國名人錄」最叫我傾心，書上的字，我還不能完全明白，只覺得翻翻寫眞（相片），倒也蠻有意思。因此我比同班年齡學童，早認識中國的歷史人文，後來才逐漸領會到父親之所以教我們讀漢字、練書法的苦心良意。

有一次，父親被日本上司吐了一口唾液在臉上，他說擦掉口水不去理喩，爲的是要活下去，所以必須忍耐。

祇有一件事，父親沒有忍耐，那就是要我們全家改姓名。他說：「日本人說，你阿公名叫福田，所以叫我們改爲福田的日本姓氏。我當然不會答應，不能答應祇有辭職一條路。」

操持家計的母親常勸他置產，以便作長遠的打算，父親卻總是一本正經說；「教育子女就是財產，現在三餐都不繼，還能置甚麼產？」

「你是長子，要挺得起來！」說這話的時候，他的身體已經相當虛弱，我當然可以體會話中含意。

被迫在山區拓荒、開墾了十餘公頃地，由於土地貧瘠沒有種出太多的米穀雜糧，使隊長谷川中尉大失所望。倒是一隊四十多位「學徒生產兵」，有三分之一患上嚴重的赤痢，令人感到恐懼與焦慮。那場惡疾，我幸運地平安無事，或許該感念母親及時送到的米和水，也許有人會斥爲無稽之談，但總是慈母一片心意。

民國三十四年初秋，日本天皇裕仁接受波茨坦宣言無條件投降，在山區遲了三天，才獲悉了這令人喜出望外的快訊。

一隊年輕小伙子，個個歡喜若狂，但軍方堅持不派車載運我們返鄉（大概已經沒有心情）的情形下，我們不怕輪流背負病患手足的勞累與傳染的顧忌，翻山越嶺，整整徒步走了一晝夜，終於完成了中秋團圓的心願。

「孩子，你現在可以痛痛快快哭一場了！」還在病床上的父親緊抱著我，用力地講出重逢的第一句話。

「阿爸就是等這一天！死狗仔絕對想不到會有這一天。」他沒有流淚，語氣鏗鏘，父親的體力似乎好了許多，最叫我高興。

輟學一段時日的我，也因日本的投降有了求學的新機，於是我繼續念了中學，接受不同文化特質與精神的教育。

然而，無法逃避，可怕的那一天終於來臨了，前後與病魔搏鬥了三年的父親，在光復後的第二年與世長辭，照著他的遺囑，以火葬妥理後事。當時火葬場設備簡陋得叫人難以想像，薄薄的棺木被送進火坑，坑中空隙塞些柴火，潑上煤油，然後點火。當引火燃燒時，我嘶力叫喊著：「阿爸起來！阿爸快快逃出來！」眼看鐵門掩蓋兇猛的火焰，我哀慟得不能自已。

三天後的黃昏時分，我去迎接靈骨。秋末的太陽下山很早，哀傷中陣陣寒風刺入心坎，益發使我全身猛烈顫慄。捧著裝有父親骨灰的小罎，走向茫然迷離的未來，親人死別的情影，一幕幕映現在眼前。想及祖母臨終時，父親在病榻上親手撰寫一對祭母輓聯：「壽近古稀慈母竟難留，樹動風搖惟痛哭；節逢寒食彤雲偏易散，鵑啼花落總悲哀。」緊緊地抱著父親的骨灰，我一句句重複哀誦，而腦海中卻是空白、茫昧一片。

父親生前沒有，亦不可能置產，而教育子女的重擔，祇有落在母親的肩上。我知道：她也盡力在實現父親的遺願，然而生計與教育子女對她實在是殘酷又無奈的負荷，最後祇有依靠外祖父僅有的三分田地。

爲了完成自己的學業，亦想讓幼弟能接受正軌教育，我挺立了起來。我送報、替人打雜、農忙時期去賺工資，最後在師長推薦下，擔任比較不用粗力的臨時稅單抄錄員。

十幾年來，挫折、失意與窮困，緊緊地纏繞在我身邊，我亦曾經跌倒過，但知道及時爬起來。每每遇到艱苦事，把它視作是一種挑戰，一種證明自己應變能力的機會。其中最大的精神依恃，該是受惠於家訓薰陶與培滋，自從父親過世後，碰到任何困苦，我不再哭泣。

有一段時間，我奉派到非洲友邦從事農技援外工作，兩年中遭遇的精神壓力和工作負荷，眞像是一場人生戰場，那不僅是個體毅力與體力的考驗，更是團隊精神力量聚離、榮辱相繫的戰鬥，我有幸參與那場戰鬥。

因爲駐在國與我當局雙方協議、選定了設置示範農場用地。說眞心話，那塊土地除交通便捷的條件外，實際狀況令人不寒而慄。面對雜木叢生，蛇蟲滋衍，大片荒蕪外，最大的困難，因爲它是半沼澤地。而在沒有亦不可能有重機械支援的情形下，想在預計時間內完成規劃與生產，實在艱難重重，亦因此怨言四起。

還好，由於平日我與夥伴和樂相處，尤其在那困苦、怨懟最多的時刻，率先投入墾荒行列，除了少數當地工人外，就是要靠自己人。每天看不到自己的褲管，因爲半身都浸泡在泥沼中，而黃色的體膚，竟因「入邦」逐漸「類聚」。

我說：「今天我們嘴上，不必老掛著國家民族的堂皇名詞，要知道我們爲甚麼來到這裡？目的是甚麼？因此不能讓他們失望，亦不要叫自己難堪。」

夥伴九人，經過一個多月不眠不休的努力，終於在預定期間，在異邦土地上開闢了三公頃多的樂園。我抱持一個理念：卽使地點選擇不能盡如人意，亦祇有義無反顧地往前一條路，雙方契約必須尊重，不可後悔亦不必評議，祇要大家一條心，沼澤將會變成良田。

半年後，迎接了第一期收穫。

在慶祝豐收的典禮上，該國農業部長莫桑多說：「這是我國開國以來創造歷史的新頁。看到我們的友邦——中華民國農業技術人員，今天在我國的土地上，締造出這樣好的開始，我們除了感激之外，更應該學習他們的技術，開創更美好的未來……。」之後，總統莫布度多次親臨農場，對中國人滿懷信心，並推介中華民國農業技術成就給他們的鄰國友邦。我想：流汗播種的人，自有迎接收成喜悅的一天。我也確信，能挨過孤寂的黃昏，必然有權利去描繪黎明的曙光。

父親走了幾十寒暑，拋下孤兒三人，在母親含辛茹苦、剛強堅忍的呵護下，身爲長子緬懷先代薪火遺蔭的感召，雖不敢自詡竭盡多大心意與能事，但眼看幼弟一個個成長，完成了專上學業，亦建立起小康家園。再看自己的子女，亦已經獲得了這個時代應享的求知權利。最重要的是，他（她）們都能領會如何掌握人生方向與固有的道德規範，我深深地心滿意足。

平庸度過一生公務生涯的我，捫心自問，每一個日子、每一個腳步都很踏實、很愉快。唯一遺憾的是，所學有限，也曾經有過擴充自己學識領域的殷切憧憬卻未能實現。畢竟在內外條件不足與不允的困境中，不能懷抱太多、太大的奢望，但在我有生之年，我會盡力去尋覓、創造機會來充實自己，滿足自己埋藏心田已久而永不熄滅的願望。

爲了聊誌此生不虛，我以虔誠心地面對上一代愆尤的懺悔，亦想給下一代期許數語，走筆完成。堪可心安的「五十五自述」。

期勉子女再三：「窮困不再出現你們身旁，來日生旅雖長，但不可能一帆順利。無論任何情況，有三樣東西不能遺忘。那就是族譜、祖父留下來的墨寶和一座書櫃。至於我五十五自述，如果你們願意，可影印三册留作參考。」

此刻，我覺得坦然一身，心情舒暢。因爲香火必然會繼續點燃，深信它會永恆地燃燒。

——七十六年仲春

珍惜文化的根

臺灣光復時，我剛念完州立農校一年級，在這以前是接受彌漫殖民氣氛濃厚的日本教育，之後是受到祖國民主自由而開放的教育薰陶。在兩種截然不同的生活及教育環境中成長的大孩子（今已年逾花甲）來說；感受是深痛的，心情亦歸於平靜而客觀的。

也許是自我安慰的思緒使然，有些時候，我會這麼想，在不同的年代中總有一些人會被犧牲，這實在也說不出甚麼道理，似乎只有怪自己命運多舛罷了。今天看到很多人快樂，這的確不虛，因爲在他們快樂以前，已經有人先飽受了憂傷，煎熬過痛苦，如果我們從認眞耕耘過人生的角度去觀察、去省思，倒也有幾分心安與坦然。

只是我們這一代和上一代的人，常在自覺與不自覺中，會有輕微的感喟：我們這一輩人過去的日子，實在太艱辛，太苦澀，這是千眞萬確的。

在那堅忍時期生活的憂傷、艱困情景，我不想去提它、回想它。單就教育歷程中的親身體驗來證明、述說一個事實，當然在不幸的遭遇中，還是有比較幸運的人，我就是那少數幸運者之一。然而，我還是要怨懟、惱怒一句：我天資並不差，但無法去就讀想唸的學校。原因固然是家境不佳（其實全臺灣人家庭普遍窮困），而最主要因素是，本省人被日本人隔離得太明顯、太清楚。日本人所唸的學校，有專設的小學、中學；本省人只能唸公學校，後來改爲國民學校。中學也是一樣，當初全省各地的一中如臺北建國中學（昔臺北一中）、新竹高中（新竹一中）、臺中一中等，都是日本人子弟學校。像台北二中（今成功中學）才有省籍子弟就讀，但日人與省籍子弟在人數上簡直不能成比例，大學教育那就更不必提了。

日本軍閥爲了實現其「大東亞共榮圈」的理想，如火如荼地在我大陸、東南亞各地區擴展其侵略野心時，爲了擴大其勢力後所需的「工具」，在本省一意培植農、工、商人力，因此本省人只配就讀農工商學校，那有選擇本身志趣的自由與可能？在異族蹂躪下的半世紀，他們以各種不同手段與方法，以達到消除中華文化於絕途，那才是他們眞正的目標。

甚麼叫育樂，對我們這一代人而言，是未曾聽說過的名詞。萬萬想不到，今天我們能享有現代人生活所需的一切，充斥市面琳瑯滿目的玩具、童裝、休閒服裝、講究的時裝。四十年前能擁有一兩套粗布的外套，已經是相當寬濶、相當體面的人家。一件外套可以穿上好多年，一雙布鞋也只是在甚麼喜慶或特殊日子，才能穿着的稀奇趣事，絕對不算新鮮。總之，生活在那落後、貧窮的年代的同胞是痛苦的，而更悲慘的是，不時要受到欺辱，又眼見自己民族文化正遭受摧殘的命運，祇有忍氣吞聲，化悲憤爲力量，堅持著中華文化意識和形態，擁抱中華民族文化薪火，堅忍地尋求一線生存願望。可見一國民族精神有多麼巨大的韌力，那是生命、鮮血和意志所締造的，那是無法抹滅的精神依恃。

正因爲那宏大的文化和痛苦的歷史背景中結合了一股強韌的力量，才能迎接光明，臺灣終能榮歸祖國懷抱，亦使相隔半世紀幾將呈現陌生的民族情感得以增進、加深。辛酸歲月或許太冗長，畢竟時間會印證一切，眞理會留下，虛僞會消失。

因此許多失去的舊事物，那怕是一件蓑衣、一雙破布鞋、一件布袋裳、童年彫製的陀螺、還有暗地裡祭拜祖宗、迎神祈安……在記憶裡都滿蘊著情感與依念。像我已邁老境的人，尤其有著濃郁的情愫。

臺灣經過近半世紀來同胞的努力，而開創的建設事業，使我們社會更進步、更繁榮，教育普及並開放，使國民素質提昇、生活富足，使育樂暢達。這些事實都呈現在今日這一代同胞眼前。祇是有時看到社會上一些不尋常事端，會引起心中的不安與激盪；看到新生一代同胞，有時生活近於奢靡，精神陷於墮落，最近出現狂熾的賭樂、飆車、色情氾濫等不良風氣，敗壞了原本純厚的民風，眞叫我感到憂慮。倘若長此以往，民族文化精粹何以能存？何能培養淬礪奮發的國民精神意志？我如此說是否講得太嚴重？想得太恐怖？但總是我一片忱悃與悸情。

今日農工商的發達與進步，帶給國人民生樂利的繁盛社會，能獲致此項豐盛成果，固然值得慶幸，亦當知得來不易。美國基督教《箴言報》曾經選出若干明日大國，我國被列爲首位。政府遷臺後四十年的努力，終於爲世人所認識、肯定，但眞正要邁向明日大國，尙須經過無數考驗。如何以穩健的腳步，邁入明日大國之坦途，我以爲端正社會風氣，提昇民族文化情操，建設一個健康而富於朝氣的社會，是最重要的課題。

有一個明顯的實例可作國人借鏡：鄰邦日本今日科技的成就，也讓驕狂的洋人喊出了「日本第一」的口號。在他們追求科技普及化和專精化的同時，並沒有忽視人文研究，更不敢輕易拋棄他們民族文化基業。日本自維新以來，固然大力西化，但他們一直將文化放在主位，戰後從廢墟中迅速站起來，而竟然由戰敗國躍居世界經濟大國之林，絕不是偶然的，更不是僥倖的！

中國人已經流過太多血，落過太多淚了。我們這一代和下一代總比上一代幸福，對生活、對教育、對所有希望的，有了更多選擇的自由，也更需要培養一種互相關懷的態度。對上一代，我們因爲關愛而有所了解，有所寬容；對下一代，也因多關愛而慶幸，慶幸他們擁有了我們曾經企盼的，曾經失去的。

殷切盼待中華文化的根，會在同胞共同關懷、培滋下，更能源遠流長，歷久彌新，亦期許明日的文化、經濟大國早日迎臨。

——原載七十七年元月十六日《臺灣月刊》六一期

夢醒了

鄰居阿花跟阿榮要訂婚了，有人譏笑說：「一蕾花插在牛屎頂。」論身材、容貌，阿花要嫁給既老實又木訥的莊稼漢，的確叫人不敢相信，覺得有些離譜。

早先都以爲她與俊吉相處得很不錯，至少俊吉的長相要比阿榮好看得多，如果許配給俊吉，還來得合適些，偏偏俊吉那股富家子弟的傲氣，遊手好閒的一副德性，阿花就是瞧不起他。

阿花出嫁那天，兩部轎車來接新娘子，俊吉在一邊笑道：「笑死人，兩只車，凍酸(寒酸)！如果嫁給我阿吉，不是臭彈，別說兩部，十臺車仔我都有辦法，然後在市區先繞大圈才進門。」聽他講大話，鄰居們暗地偸笑：「呷不到葡萄，叫酸！」「臭屁！不要以爲有兩個臭銅錢就臭彈！」

當初，阿花決定嫁給阿榮，定是看中他爲人忠厚可靠，可是過門不到一年，眼看鄰居婦女一個個跑到臺北，替人幫傭、做事，賺了錢回來，她有些羨慕；加上她們一再稱讚阿花聰慧又伶俐，找個差事並不難的慫恿下，她確實有些心動。

「去試試看，也許……。」這種念頭，隨著春天來臨，像過了冬眠後的枝椏，逐漸地吐出新芽，一朵希望的蓓蕾也在阿花心底萌發著。

春作的禾苗，在田面上縱橫整齊排列得像似棋盤，稻苗被春風吹得輕輕飄舞著，午后的陽光照在阿花黝黑的臉上，益發顯得嫵媚與健美。她陪著阿榮忙着西瓜移植，阿榮把堆肥仔細地、均匀地撒在植穴上，然後有秩序的一棵棵定植，在一旁，她用水杓謹愼地澆水在幼苗周圍。

「阿榮，我……我想……。」

「甚麼事？快講呀！」雙手忙著的他，頭也不擡。

「我……」

「是不是有身啦？」一定是怕見笑，才呑呑吐吐，他想。

「不是啦，我想去臺北做事賺錢。」

「賺錢？臺北有金挖？」他猛擡起頭。

「你看，隔壁秀鳳姐、阿玉仔姑，去臺北不到一年，厝內攏變了。」

「好咧，免講啦！敢做牛不怕無犁拖，敢打拼，錢就會進厝內！」

兩百多棵西瓜苗，本來預定趕在夕陽下山前種完，結果留下三分之一，祇好等明天再說了。

他的肚子「鼓魯魯」地叫著，他叫家人先吃，一個人坐在門前黃槿樹下猛抽著菸，一根又一根地吸著，頭脹得很重，昏沉沉的。

「在莊下作田，一年兩期稻仔，扣掉肥料、工資，實在所剩不多……」突然這麼想著，覺得阿花的想法，也錯不到那裡？

「阿花講得也有道理……可是……」他再點上一根菸，想從煙霧中尋找出答案似的。

「不行！不行！」剛點燃的菸，他用力插入泥砂裡。

「讓她出去，不是少了一雙手？再說，臺北那種又熱鬧又不安全的地方……不行！」他的腦袋又亂成一團。

隔了好多天……之後。

一大早起來做好早餐，準備去瓜田澆水的阿花說：「我一心想爲家多賺點錢，也沒甚麼不好呀，不要生氣嘛！阿榮。」

阿榮有點不能自主，目送勤勉又柔順的妻子，想到自己的執拗與自私，心中有著幾分不安與愧疚。

他緊跟著也到田裡工作。

「我考慮好幾天，我答應你！」衝出這幾句話之前，阿榮已經完全排除所有的顧忌。

「我知道，到那邊也不一定能找到事做，萬一找不到事，我會快快回來的嘛！」

答應她去臺北的那一夜，倆人都沒睡好。

送她到車站，看她上了車，再三叮嚀：「要寫信回來，工作不好、太累了，就快快回來……。」

車輪起動了，走遠了。他癡呆在月臺，留下他一顆寂寞淒涼又沉重的心。

她走了，連西瓜苗都長得不很理想，是不是天氣太冷？可是這些日子來一直暖和得很，照理該會長出一兩臺尺的藤蔓，怎麼硬長不出來？他坐在田埂上望著瓜田，努力地思索著，就是找不出能接受的答案。

他從田裡回來，剛好接到阿花寄回的第一封信。他眞希望信裡說：找不到事做，或者工作不滿意，所以要回家，可是，事與願違，信上說：已經找到在銀行當經理的人家，工作是秀鳳姐介紹的，要他放心，因爲主人待人很好……。

看到長不好的西瓜，本想再施點兒肥料給瓜苗打打氣，算了，隨它去吧！

幾天後，秀鳳回到鄉下，時髦的衣裳在她身軀擺動間，閃閃發亮，黑色的頭髮上還冒出一叢怪怪的紅毛，與兩年前的她判若兩人，阿榮起初還以爲看錯人。

秀鳳的一張嘴，猶如輕機鎗一般掃射個沒停，炫耀著都市生活種種趣事，又說年前在鄉裡路尾買了一百多坪地，不到半年整整賺了一百三十多萬元，還激動的表示脫手太早，少賺一百萬……。

「阿花會不會變成妖怪？」阿榮擔心地自語。

看到阿榮悶悶地不作聲，以爲甚麼事惹他不樂，她才轉了話題。

「阿榮，頭家眞疼愛阿花哩！」

「愛她？」阿榮心跳急速。

「是呀！阿花在那家又輕鬆，錢又多，頭家的朋友來玩，還會賞錢給伊。」

「憑甚麼會賞錢給伊？」他近於發怒。

「玩牌呀！玩累了，阿花要款待人客呀！弄吃的、喝的，這樣就有錢啦，你不知道在臺北這麼好賺錢！」

剛好有商人來捉豬，叫阿榮回去談價錢。養了快一年的三頭大豬，賣了出去，手上確實抓著一把鈔票，可是仔細盤算，才賺了一千多塊，兩千不到。算了！他消遣自己一句：賺了！賺了一大窟豬屎。

「頭家對阿花眞疼……」秀鳳的話突地又浮在腦海。

「萬一，萬一有一天阿花……？」

「不會，她不會，說不定隔兩天就回來。」在家裡、田裡，隨時都會有一陣雜亂的思緒衝襲他，困擾他。

「阿花回來啦！」聽到有人高喊著。阿榮看到她並沒有自己想像中可怕的妖怪樣，高興得大半天說不出話來。

「不習慣是嗎？工作是不是太累了？」他急著等她回答。

「阿榮，我是帶錢回來的，今晚還要趕回去！」

「回去！回到那裡去！」他在心裡罵著。

與其說心酸，毋寧說一把怒火正在阿榮的心頭悶燒著，可是一想到，還是自己答應的事，怒氣也就逐漸消退。

阿花回到臺北後沒幾天，秀鳳來找她，她告訴阿花說：有更好的收入機會在等她，叫阿花考慮更換工作。

「頭家娘待人很好，怎麼好意思離開？工資雖然不多，不能說走就走呀！」

其實，阿花早聽人說過：秀鳳的生活躲躲藏藏的，起初她聽不懂，後來才知道是娛樂場所，收入雖然不錯，可是常被人指指點點的，因此，對於她突然來訪，心裡早有所防備。

幾天後，在頭家娘入院待產的一個深夜裡，突然看到秀鳳跟進主人房間，這使她猛然生畏、覺醒。

她決定要離開，想到離開之前，應該感謝女主人，也要表達對主人行爲的厭惡，於是留了張紙條：

「經理先生，臺北的月亮雖然柔美，但太陽很毒惡，我要回鄉去，那邊有溫和的太陽，我要在陽光下工作才會安心、快樂。」

坐在返鄉的車上，她逐漸地清醒，從夢裏甦醒。

兒時記趣

許多年沒有聽到笛聲了，那不是「河邊春風」、「西風的話」的柔美悠長笛聲，而是鄉間閹豬、閹鷄師傅不成調的笛音。

三、四十年前，鄉間許多人家都以養豬、養鷄、養鴨當作副業，一則賣錢貼補家計；再者留下幾隻鷄鴨，逢年過節用來打打牙祭。

記得小時候，母親常煮一大鍋小甘藷或菜葉，每天三餐要挑去餵豬，聽慣了母親脚步聲的豬群，「喔哇喔哇」地叫，然後拼命爭食豬菜。放飼在空地的鷄鴨，聽到豬的叫鬧也會成群結隊的回來，好不熱鬧的一幅場面。

鷄鴨的食料也很粗劣，少許米糠摻些二糟穀（半稔實的稻穀）餵飼，牠們似乎也很滿足。一場爭食後，鴨子就跑進池裡戲水，紅透頭冠的公鴨「殺殺」地上下擺動頭頸，那是為了尋找中意的配偶所展現的動作，然後雄糾糾地趴上母鴨背部，很不平穩地搖動幾下，就算完成了「水中鴛鴦」的喜劇。聽婦女交耳說：鴨鵝須在水中喜弄才會「有種」。

人們不太捨得吃米，可是對小鷄倒很優待，帶著稚鷄的母鷄，看到主人撒下米粒，就「咯咯」的招呼小鷄，啄含在嘴裡的米粒，又吐出來讓給小鷄，那份殷殷情深，叫人感動，亦令人省思。

中秋前夕，母親說母鷄老了，生卵不多，要把它給宰掉，我抱著牠躲藏起來，我說不吃鷄肉沒關係，最後眞的饒它一命。養了一段時間的小鷄變了中鷄，雄鷄就會到處去撒野，緊釘著、追逐著雌鷄，牠們不知道，不久會遭到「閹勢」的厄運。最初並不知道甚麼叫「閹」，聽大人說：

「不閹就長不大。」

「咿唔……咿唔……」的笛聲由遠漸近，知道閹鷄師傅就要來了。孩子們與高采烈地擁成一堆，其實也不知道熱鬧個甚麼勁兒，要閹豬、閹鷄或閹牛，都沒有我們的事，可是，不湊熱鬧就不關心家事似的。楊家閹好了豬，順便閹了幾隻小公鷄，等到師傅去李家閹小公豬，我們又爭先恐後地跟著他跑。

「猴死囝仔！跟著我，是不是要把你們的也閹掉?!」

「閹甚麼?」年紀小的好奇地問。

「割囊葩啦！你不驚?」年紀稍大的告訴大家。

「把你的割掉，你就不會起䳸(ㄑㄧㄡ)」，師傅罵著，卻在暗笑，看他沒眞的要趕我們走，就跟釘他不放。由於我年紀較大，站在一群孩童後面看那一幕熱鬧場面，總是佔了便宜。

主人爲閹豬師準備一臉盆水，他先洗洗手，再攤開帶來的傢伙；有消毒水、銅片刀、針、線之後，就要施展其手藝。被提捉起來的豬，拼著命的叫嚷著，他用腳踏住豬蹄，取出刀片，用消毒水擦拭一下，動作俐落，不一會功夫就取出兩個橢圓乳紅的東西，再縫上線，塗塗「鍋爐灰」以免流血，後來進步了，才用藥水敷傷口。被閹掉的豬，當然就變成乖順的「太監豬」了。

有一次，我偷偷拿起師傅的笛子試吹了幾下，吹出不成調的聲音，結果，被村童們譏笑：「閹豬仔師」，那綽號還被叫了好一陣子哩。

家裡養了一頭小牛，養了一段時間（聽大人說有兩齒）後，請了另一位不常見的師傅來閹牛，閹牛比較費力，因爲牛的力氣大。先要把牛頭、牛角卡在丫叉的樹梗或用兩根木材夾住，再用麻索牢牢地捆綁，連牛蹄子亦用麻繩拴住，然後好幾個大人合力把牠翻倒在地，就開始進行閹割手術。聽說，閹牛要在上午時辰比較好，才不致流血過多，有些人家還得擇個黃道吉日，才能放心閹牛，可見牠在農家心目中的地位了。

我很愛那頭小牛，因爲下了課就牽牠到池塘、草地泡泡水、啃啃草，那是我溫習功課最珍貴的時段。有時候，我想過去池塘對岸，爲了少走大半圈的路，我騎在牠背上，牠會聽話地游水背我安渡彼岸。

牠就要被閹了，我心疼，怕牠痛苦，可是我沒法反對大人的決定，我閉上眼睛，遠遠地躲開。等到來幫忙的叔伯們，圍坐在飯桌，有聲有笑地品嚐牠被割下來的睪丸時，我氣憤憤地流了淚。怏怏跑過去，看牠跪趴在地上，一副無奈又無辜的模樣，我祇能摸摸牠的頭部，表達我內心憐憫心疼之情意了。

當時，還有一種專作配種的特殊行業，因為養母豬風盛一時，有位名叫「牽豬哥金」的阿伯，常常出現在鄉道上。他養了一頭體型細長卻結結實實的大公豬，他手握著一根竹子趕著牠走路，大公豬邊吐著白粘粘的口水一路吼叫，豬哥阿伯很機智，聽說從不會錯過吉時良辰。那家母豬在「起狷」（發情），他和牠就出現了，然後把大公豬趕進豬欄裡，公豬追逐母豬，跑得團團轉，也不知道在玩甚麼把戲？小孩子們高興得直拍著手鼓掌。母豬大概跑累了，讓公豬趴到背上欺負，很久、很久才肯下來，大公豬大概也玩累了，豬哥阿金伯又趕著牠走路，我們覺得他和牠好可憐，一年到頭都在趕路，好像有走不完的路，可是「豬哥金仔」永遠走不累，愈走愈康健，一副因生意興隆的得意像，看來，他和牠都很快樂的樣子。

「雜細仔姑」，在我們記憶裡是最喜歡的人，每當聽到鈴瓏聲，就知道她來到村裡。她挑著一擔老少咸宜，家家戶戶都需要的物品，所以被稱為「雜細仔」，裡面有吃的、日常用品的毛巾、牙粉、針線、鈕扣、化粧品等，琳瑯滿目，齊全極了。村童們把平日儲蓄下來的小錢，三錢五角地選購自己最愛吃的東西，有麥芽糖棒、酸梅乾餅、糕仔、桔子餅……等，看到她一來，村童們就追趕、蹦跳不停，吵吵鬧鬧一陣之後，目送雜細仔姑背影，等那鈴瓏聲遠遠地消失了，聽不到了，大家懷著期待再來的心情，才肯解散各自回家。

每當不經心地想起那些趣事，就覺得知識見聞會令人失去天真愚騃。時代在變，也在進步，現在飼養牛隻、家禽的人家愈來愈少了。農耕則以耕耘機、曳引機替代，鷄鴨飼養都變成大規模經營，而記憶中的「豬哥金仔」、「閹豬師傅」，還有最討人喜歡的「雜細仔姑」，為了招攬生意的吹笛聲、鈴瓏聲卻聽不到了，不知他（她）們吹過、搖動過多少春華秋月，走過多少艱辛旅途？如果他（她）們都還健在，該是近百齡的人瑞了。

緬昔追古，雖然覺得那是人世一脈歲月的必然，然而，那記憶中美好的、深刻的趣事，隨著時光的長河不斷的流動，一去不再復返，也隨著時光而隱入河底，讓它沉藏在心底了。偶而想起，祇能閒話桑麻。如果講給孫輩聽，他（她）們不是嫌說：「阿公這古事不怎麼好聽」，要不就說：「聽不大懂吔。」

——七十七年歲末

殘夢綿綿四十年

如果不是今年清明節返鄉祭祖，看到孩堤時期就叫得熱絡的阿俊哥的話，我完全沒有意念把四十多年前的舊事，在自己腦海中重新組合，悠悠數十寒暑已成過去，自己頭上也白髮斑斑，何況阿俊？一年難得回鄉幾趟的我，總覺得來去匆忙，碰到熟人頂多寒暄幾句，就算聊表鄉親一場禮儀。常會聽到的是：那家老伯、阿婆作古的訊息，至于對周圍的人與事，就很少搬進話匣中。

在我腦際裡，幾乎沒有餘暇去想到阿俊哥。與其說；忘了世間上有阿俊這個人的存在，莫寧說：無意喚起兒時悲苦種種—自己及他人—的回憶，來得恰當些。

故鄉山水秀麗如昔，祇是由於對外交通頻繁，來往之間，已能看到車輛，能坐汽車代步，這是以前所沒有的景象。下了車，遠遠地看到一個熟悉的人影，少了一支手臂是阿俊的標記，他無神地靠在河邊的老樹下，神色黯然。我沒敢驚動他，主要原因是我太瞭解他。生怕由於我突然地出現，或彼此見面之後，交談之中，又會勾引起他無邊的哀傷。

從堂叔口中得知，他仍獨身自處。靠著他堅強的一隻手，由粗幹工多年的儲蓄，買了一片靠近河邊老樹的山地幽居，種起果樹來維生。

「因爲在那山坡附近有他夙夜思念的人。」我說。

「……」堂叔只是點頭，同意我的看法。

「他還是那般癡情，一直沒成家？」

「是的，他領養了一個孤兒，算是精神的寄託。」

我陷入痛苦的追憶——。

由於我們年齡相近，說他幸運，那是他比我聰明，愚笨是我的不幸。因爲他早念了中學，提前被徵去當侵略者的工具，才多遭折磨與創傷。而免遭酷劫，是我的幸運；幸與不幸，祇有以不同的層面、不同的角度去剖析它。在那段歲月裡，老弱婦孺都難免災難，何況年輕者？而作爲人類的一份子，不能得到應有的尊重，才是最最悲哀的事。也許，阿俊視我如手足，無話不談，亦因此，四十多年前，他的遭遇，尤其與阿娥姊的那一段純眞無邪、情深哀怨的悲歡際遇，立刻就在我眼前，清晰地浮映出來，一幕緊接著一幕……。

鷹山下有一條河流，它像一個永恆的旅行者，白天、夜晚不憇不止地趕它的路。河面像塊玻璃，清靜地，稍不定神看，會以爲水是冰凍的沒有流動。在上下游滑行的竹筏，要從山下的村莊繞過，裝卸東西，它是村人們對外唯一的交通工具。

山麓下的鷹山村，住著五十來戶人家，人口雖然有增無減，戶數卻沒有甚麼變化。村人們都靠山、靠水為生，種糧、採茶、砍材、漁撈……是他們代代相衍下來的傳統行業，從來沒聽說過有埋怨生活的人，他們只知道勤勉與節儉。

阿俊和阿娥，是在這落後又偏僻的山村出生、成長的孩子，在他們身上，沁流著先祖傳遞下來的淳厚、簡樸的血液。阿娥家境稍好，擁有山地、田地二甲多，在村子裡算是財主了；阿俊家境清寒，靠著他父親雙手採煤的收入，加上他母親打雜來貼補生計，也算勉強可以度日。聽說：在阿俊拿筷子的年齡，他父親在一次礦災中罹難，之後，母子相依為命，在艱難悽苦中成長，也許因為這原因，他比誰都能吃苦，比誰都聰明、上進。

三月裡，春天來到鷹山村，春色停在樹梢上，滿山遍野充滿著鳥語花香。有的村民吆喝著牛隻忙著春耕，有的上山整理果園，成群結隊的村姑們，忙著採摘春季的頭番茶，動人的畫面嵌展在清秀的山野間，採茶的村姑哼起輕快美妙的山歌：

陽光照在山頂、誰家阿哥忙耕地。
看著阿郎壯健樣，妹在暗中起心浪。

…………

哥兒們，也按捺不住心中癢，還送一段：

陽光照著妹身上，嬌美細腰在搖晃。

甜美歌聲隨風蕩，摘好嫩茶盛滿筐。

等那日頭落西山，阿哥陪妹下山崗。

這時候，阿俊和阿娥，正在河邊大樹下玩著捉迷藏，玩得很開心。

「這回該你藏啦！」阿娥靠在樹幹旁向阿俊說。

「好嘛！」

孩子和他們大人一樣，誠實守信，她靠在樹莖，兩手緊緊蒙住眼睛。

「藏妥了嗎？」

「還沒……」阿俊邊答，邊尋找藏身的地方，很久、很久，找不到一處妥當的藏身地，最後，祇好匆忙躲進岸邊一堆草叢裡。

「妥了嗎？」

「藏妥了！」

阿娥轉個身，睜睜眼，揉揉小眼睛，隨著那聲音的方向去尋覓，她找遍了他每次躲藏的地方，都找不著。最後，走到伸展在河面上的大松樹下，擡頭看看，望得很久，仍然沒有他的人影，她怕他躲到那樹葉濃密的枝梗上，於是，用手搖了幾下，樹是牢固的，任她使勁兒搖，一動也不動。連停在樹上一對山鳩，也好奇地斜著頭，看樹下可憐的小靈魂。

她的心悶悶的，兩手交叉腰間，看看河面，看看天空，天上朵朵的白雲緩緩滑行，她心想：

阿俊那小鬼準是飛到那堆雲上躲去了。

正想得入神，後面突然有東西擱在她肩上，她嚇了一跳，轉身看到阿俊笑嘻嘻的，她的心卻蹦蹦地跳動。

「看你這個人，幹嘛嚇人玩？」她裝著惱怒，心裡卻有一股奇異的感覺，他趕緊牽上她的小手，賠個不是。

「你聽！人家的心還在跳哩！」

「來，讓我聽聽看！」

說著，阿俊的大半個頭，已經緊緊貼住她小胸前。羞赧赧地推開他，臉紅得像只熟透的櫻桃，阿俊怕她眞的生氣，直盯著她臉上的表情。

「嘿！你的眼睛裡有我！」

「你眼睛裡面，也有我。」

兩個大孩子天眞地笑，她笑得特別甜，臉上有一對可愛的小酒窩兒，露出一排潔白的小牙齒，他看那小白牙太可愛，便把臉迎上去。

一陣風掠過樹梢，把樹葉吹落滿地，阿娥的臉浮出一陣紅暈，直到採茶的姊兒們下山，鳥兒開始歸巢，兩人才牽著手，唱著「夕陽之頌」回家。

河水依舊沿著山村而流，流走了數不清的歲月，阿俊國校畢業，抱著姑且一試的心理，參加台北第二中學（今成功中學）入學考試，因爲第一中學（今建國中學）完完全全是日本人子弟的天下，根本無法報考，第二中才有可能讓本省子弟就讀，但日、臺人數往往不成比例。

「阿俊考上台北二中了！」村人們競相走告，不到半天，全村人都知道這大好喜訊，亦震撼了一向寧靜的山村。

「靠伊老母雙手生活，敢無法度讀冊？」

「實在講，小學卒業都眞好咧，讀冊敢有甚麼路用？」

「無依無靠的查某人，實在那眞感心，那眞甘苦！」

鄰居的村婦們，在賀慶之餘，在暗地開始替阿俊的媽擔憂，替她操起心來，甚至還勸她要好好考慮、考慮。

阿俊的媽，打從心底高興，孩子能考上中學，是村子裡頭第一次遇到的，是件可以光祖耀宗的事。她想：即使生活再困苦，要讓阿俊去念書的決心，是無法改變的。多少年的辛酸，頓時，在她臉上綻開了朵朵微笑。

倒是阿俊自己反而憂悶起來，未來的學費、住宿費用……還有，讀了書就會害苦母親，也會離開阿娥……一波波猶如海濤的心潮不斷地湧來，叫他心亂。

少數比較開明的村人，對阿俊母親的決定表示讚佩與關懷，有的伸出眞誠的手，想協助阿俊就學的費用，對那生活普遍清苦的村人，發自內心的眞誠、充滿著溫煦的心意，叫阿俊的媽熱淚盈眶，最後都被她一一婉謝。

阿俊就學後，每隔一段時日，一定返鄉看看母親，另外的目的是：上山去撿薪柴，爲他母親準備足够的炊食薪料。附近煤礦需要挑煤、運煤的臨時工人，憑他的體力加上勤奮工作，一日收入對他家庭來說，亦能小補生計，因此挑運煤炭，就成了他假期裡最穩定的工作收入。

當然，每次阿俊回鄉，阿娥是最高興，最雀躍的了，知道阿俊要回來，她就在河岸小碼頭等他；他要去學校，她一定去送他，阿俊上山撿材砍草、挑煤，她也跟在一起，提著水壺，幫著撿，幫著捆薪柴，看他汗流夾背，爲他擦拭臉上的汗水。

「阿娥，我正在想一件事。」

「想甚麼？是不是肚子餓了？」

「不！我想我們不該常在一起！」

「爲甚麼？難道說，你去台北就不想跟我玩？」

「我覺得我們家庭情況不一樣。」

「家庭情況不一樣，跟我們有甚麼關係？」

「你是村裡頭的有錢人，而我……」

她突然低下頭，可愛的雙眸裡，蓄滿着晶亮的淚水，他知道傷了她的心，快快轉移話題。

在鄉村裡，尤其在一個守舊閉塞的山村裡，十七、八歲的男女常在一塊兒，會若人閒話的，祇有他倆似乎被公認的例外，因爲他倆是一塊兒長大的，因此村人們亦就覺得很尋常。然而，大人們卻不知道，在歲月的隙縫裡，一對相互愛慕的幼苗，正日益滋長、茁壯著。

在他畢業前，有一天老師找他去個別談話。

「我教育你多年，以你的才智聰明，你應該更可以造就！」接著說：「爲你前途著想、鋪路，所以我想……」

阿俊對老師突然的約談，感到很詫異。尤其對他所說的話，一時無法會意，他癡呆著看著老師。

「喔！也許你不了解我的話，讓我明白說好了。我的意思是，給你改個姓名，台灣人也是天皇的臣民。」

「………」

「改姓名之後，將來對你沒有害處。」

「………」

「以我看，你出生於山明水秀之地，福瑞之所，所以讓我叫你福川君。至於名字嘛，就叫俊雄、俊賢、俊彥都很好，隨你自己選定一個好了。」

老師說了一大段話，阿俊卻一直沒有作聲。

「你聽到了沒有？」

「……」

「當然囉，我不會勉強你，強迫你，看你聰穎過人，我才想要你改姓名，改了姓名只有好處。譬如，將來可以送你去『內地』大學部修學，或者當兵、做事晉陞機會自然就多。」

「先生，謝謝你，我不會考慮這問題！」

「（八格阿魯！）畜生！」火氣高漲中，日本老師的吼聲帶著強烈的顫抖。

「先生，我不是畜生，因爲我知恥，所以我絕不可能接受先生的好意！」阿俊理直氣壯地回答。

「強國奴！支那人！」

「拍啦、拍啦」三、四個巴掌連續打在阿俊的雙頰，他感到耳根熱烘烘的，兩個鼻孔裡有水液狀的蠕動，他知道鼻血已流到唇上，他沒有擦拭，任其淌流，口腔裡也有一股腥味，他強吞進腹中。

民國三十年十二月八日，日本偷襲珍珠港。震撼了世界，喚醒了世人，於是，第二次世界大戰揭開了序幕。

翌年，爲了「保衞皇國，充備戰力」的理由，中學高年級學生提前畢業，阿俊也畢了業，回到他母親的身旁。

全台灣開始籠罩在不安與恐怖中，徵集令隨時都會落在每位青年男女身上，因爲男青年都會被徵去當兵，除非體弱病患者，而女青年亦有可能被徵調前線，擔任護士或慰勞隊等工作，一向寧靜安祥的鷹山村，亦開始戰慄不安。

回鄉還不到一個月，跟著就接到那可怕、可恨卻無法拒絕的召集令，令中還附書「志願」字樣，叫阿俊最難理解，心中怒氣萬丈。

那是一個初夏的黃昏，太陽的餘暉染在河面上，金鱗閃鄰，沿著河邊的稻禾，已經沉重的彎腰。接到徵集令的阿俊，好多天不能言笑，阿娥也滿懷離愁。她知道：他這一趟出去，一定要好多年才能回來。

他倆相約河旁，話別在河邊，良久，良久沉溺在離別的苦愁中，離愁別緒，千匝萬匝的在兩人身上、心上。

「阿娥……」阿俊聲音低沉。

「阿娥，我這趟出去，不知道多少年才能見你，萬一……」

她用手緊緊地摀住他的嘴，不讓他說下去，她不願意聽到不吉祥的話。

「阿娥，我是說：萬一能回來……」他轉變了話意。

「那，那我們就結婚！」她自己覺得突然間長大起來。

「阿俊！我會等你回來，等你回來的。」

「希望天公伯保佑，賜給我們這一天！我阿姆身體不好，請你多多照顧。」

「會的，我會的，你大可放心。」說著，她合起雙手，眞誠地朝天祈求、禱告。

四片熱唇，緊緊地貼住，太陽早已經躲到鷹山的背後，黃昏的天空上，群群烏鴉飛向歸途，傳來陣陣淒涼的啼叫聲。

他輕輕推開她，兩人面對面，就更是離愁千斛了。他注視著她，好似有千言萬語，卻又不知從何說起，也不知道說甚麼好。他想到：即使兩心相許，未來是不是能如願呢？他實在想說：「萬一我死在戰場，你……你就去另找……」

他不敢想下去。

再度深深地吻她的秀髮，她的雙頰，裝著振作地站起來，望望四周，莊嚴、肅穆地向故鄉的山河，作最後、最虔誠的注目禮，之後快快跳上竹筏。

回首望去，她僵立在河岸上，努力地揮手，可愛的、心愛的影子，逐漸消失在暮靄裏。天上，群星閃爍，沁涼的夜風，從河面撲來，吹得她一肩散髮。陡地，她感到滿腔都是淒寂、悲愁。

「阿俊！阿俊！」她大聲疾呼，但已經沒有淚水。奈何！山野無聲，祇有河水打著河岸，發出一連串澎澎的浪響，她完全陷入孤獨的深谷。

「他走了，阿俊眞的走了嗎？」她無助地喃喃自語。伏在石岸上啜泣，雲朵蒙住了月色，山河也躺在朦朧中。她沿著河堤來回踱著，想起了與阿俊合唱過的一首歌曲：河邊春風寒，阮心眞孤單。擡頭起來看，冷風來作伴，想起伊甲我……唱著，泣著，唱得月色變得更暗淡。

阿俊先是被送到南臺灣陸軍基地，接受爲期三個月的軍事訓練，在訓練期間，他得到一些日後自救的方法，那是來自軍官或同伴口中傳說出來的。據說：被派遣海外戰場去的船隻，常會、一定會遭遇到盟軍來自空中或海中的攻擊，因此身邊最好準備一條長麻繩，繩索一端繫在自己身上，另一端拌塊木板，板上刻寫姓名，萬一遇到敵軍攻擊，飄落海上或死在海裏，「萬一」有緣，被救起或撈起，才知道是誰，屍體誰屬。

部隊似乎也默許士兵們作這樣的萬一措施，同時一再強調，這種心理準備不是多餘的，祇是沒有明言，被擊沉的機會是百分之百。而爲著「祖國」前途，能多保全一命，亦是對「天皇陛下」效忠的一種表現來相勉。

「眞的被擊沉，到底有多少萬分之一的機會？」同夥士兵竊竊私議。

「眞的被擊中，我又不會游泳，繩索有甚麼用？最後還不是作鯨魚的食物！」楊君擔心說。

「你不會在落海之前，找一塊船板來浮游？」有人譏諷。

「如果歹運，眞的碰上，阿俊你很會游泳，我一定要跟你一塊跳進大海！」

大夥兒一陣裝出來的苦笑後，立刻又掉進凝重、茫然的氣團裏，誰也無法再逗出甚麼笑語來衝破凝固的空氣。

民國三十一年秋末，四千多名臺灣青年，被送上輸送船隊，船隊前後各由一艘巡洋艦護送，也許單薄，但排成一長列的浩浩蕩蕩樣，多少亦能壯壯膽量，聊示「皇軍兵艦」的雄風。

阿俊有滿腹悲苦與慍怒，感傷的是，離別苦命的、慈愛又偉大的母親，也遠離了心愛的阿娥；而憤怒的是，明明在無法抗拒的魔掌中被迫從軍，還說：爲著大東亞共榮的理想，二十萬「愛國的臺灣青年」志願軍，勇敢的拋棄了他們的家庭……好堂皇，好會自欺欺人的美麗口號。

想及出征當天，看到火車站前那些無知的小學生，猛搖著旗子，滿頭大汗的高唱：「六月二十日，是清朗的日子，是臺灣青年志願報國的光輝，燦爛的紀念日……」那首曲子，是爲著「鼓舞士氣」，臨時編出來教唱的，想到那些，阿俊憤憤地，連連吐了幾口唾液，噴向甲板，噴向大海，心情似乎亦舒暢了許多。

艦隊駛出高雄港口，還不到一小時，突然聽到一聲猛烈的爆炸聲，巡弋船隊左翼的巡洋艦上冒著雄猛的火光，染紅了夜空，接著，在一聲撞擊、震爆中，他落入大海。靠著自小在家鄉河川磨練出來的泳技與毅力，在海上飄泊一晝夜，然後昏迷……。

阿俊被撈救起來，不是痲繩，是一塊破碎的船板救了他。清醒過來時，他已經躺在一處野戰醫院的病床上。他全身傷痕。原先說要跟他一塊跳進大海的李君，怕被大鯨魚吃掉的楊君，聽說永遠看不到他們了。軍方盡力封鎖消息，最後還是知道：祇有護送的另一艘巡洋艦及兩艘輸送船逃過那一刼。

「能回家一趟，看看母親，親親阿娥該有多好！」病榻上，他祇有這樣一個殷切的心願。那知，連捎個信回去，報報音訊，亦在不得洩密的嚴苛監視中，不敢動筆。

三週後，又被送上車廂，車頭向北，一長列專車上約莫千人，其中不少是病傷患者。

「部隊可能是要遷到北部了。」一位隊友在自語著。

「眞的遷到北部，那不是更靠故鄉？卽使不能回家，想聞聞故鄉的空氣，想聞聞母親、阿娥的呼吸聲也近多了……」阿俊癡癡地想著，臉上飄浮一陣輕淡的微笑。

長途的勞累，加上精神的徬徨，叫人昏昏入睡。

在集合的軍號聲中大家猛醒，火車停在基隆站。下了車，卽刻被送上軍艦，艦上已經有不少來自其他基地的兵員，從面貌與表情，一眼就看得出百分之百是臺灣青年。在艦上服勤的人員，除了少數日本軍官外，也都是自己人，聽艦長宣佈：爲了大家的安全，要分批出港，全艦官兵要隨時提高戰備精神。

「士兵已死亡太多，兵力大減，艦艇都在海底休息。」阿俊心底暗自咒罵。

此趟出港不像上回那麼雄壯，祇有四艘高懸紅十字旗的病船（實際是軍輸艦僞裝的），也許膽怯，船速也慢了許多。

搖搖晃晃、躲躲藏藏地，以夜航爭取「武運長久安然」，終於幸運抵達索羅門群島。索島是日軍豪稱南太平洋最堅固的堡壘，是以該群島作爲奪取東南亞大島——澳洲的跳板。緊接著一批又一批的「臺灣青年志願兵」，被送去澳洲北岸，說是敵軍無力抵抗，順利完成登陸行動，事實上沒有僥存者，個個成了「祭品」。

幾回搶灘進擊的野心不得逞，日魔雄心大減，潰不成軍，最後被迫退到新畿內亞（今巴布亞新畿尼亞）的深山。

阿俊僥倖保住了一條命，但已經斷送了左臂。

在阿俊出門後的頭半年中，多少還有他的信，那是因爲還在臺灣。卽使到達索羅門島，阿娥還接到他兩封信。以後就完全音訊杳然了。她望穿了眼，忍著等待的苦澀煎熬，日復一日、月復一月地期等奇蹟般的音信。

「快去叫阿娥過來！」阿俊的媽歡喜若狂。

「是不是阿俊寄來？」阿俊的媽迫不及待，阿娥也由於過份喜悅，雙手顫抖。

「快！阿娥，快唸給我聽！」

「瀧軍全體官兵，以玉碎報答天皇。」信上有十三個字。

「阿俊說：在那邊生活的很好，叫家裡不要擔憂。」說着，眼淚如解了堤的河水，全身猛烈顫慄。

「那有可能？」阿俊的媽自言中戰慄。但看到孩子有信回來，忍不住放聲哭泣。

阿娥極力地克制自己，她擔心阿俊的媽承受不了晴天霹靂的打擊，不得不編造「美麗的謊言」，把信件收藏在身上，直奔河邊大樹下大哭一場。

「阿娥，我還活著，我還活著。」耳邊有他的聲音。阿娥也自信他還活著，因爲他每天都活在她心裡。

阿俊走後第三年，不幸的事情發生了，他的母親，由於長年操勞，加上過份憂傷，終於病倒，經醫生診斷，罹患慢性肝炎。

有一天，她舊病復發，掙扎在床上，那是颱風登陸的前夕，朵朵烏雲奔騰著，暴風雨中交錯道道雷光，愈加增深恐怖，好像世界末日卽將來臨。

看到阿俊的媽，呻吟痛苦，危急萬分，阿娥根本無暇思慮，她決定進城買藥，阿俊的媽苦苦勸告，也阻止不了她。

她在暴風雨中衝了出去。

那一夜，對阿俊的媽來說，是漫漫的長夜，心亂如麻的長夜。

當阿娥的死訊傳到鷹山村時，全村人幾乎窒息，阿娥的父母，阿俊的母親昏厥好幾次。

「阿娥是我害死的，我該死，該死的是我……」阿俊的媽緊緊地抱著、親著阿娥僵硬的屍體不停地哀號，嚎啕。

民國三十四年八月十五日，日本接受無條件的號外喜訊，遲了幾天才傳到鷹山村，全村老幼雀躍萬分。阿俊的母親，有一個不敢告人的期許存在心裡，她曾幾次夢見阿俊戰死，但偏偏又很自信，夢往往是相反的。因此，她告訴自己：孩子一定還活著，孩子一定會回來的。

度過在蠻荒的赤道島嶼深山中啃咬樹根、採食野果、吸吮獸血的兩年非人生活的阿俊，早就形銷骨立，黃瘦得不成人樣。所幸，在家鄉學得了狩獵本事，救了自己，也救了不少夥伴。

自從日軍在南太平洋侵略行動，節節失利之後，整個海航遭盟軍封鎖。縱然敢冒險出港的船艦，最後都難免遭遇盟軍潛水艇擊沉海底的命運。因爲沒有軍火、軍糧的接濟，完全任其存歿了，而士兵大多罹患嚴重的瘧疾，要不就是因爲缺乏鹽分導致黃腫而死，遍地是屍體、髑骸。

阿俊終於踏上歸航，那是民國三十四年底的事。飄泊異邦已不清楚多少歲月，但夢寐渴望的事即將出現。他更想念母親，想著看到阿娥時，要如何表達內心的戀情，他恨不得，裝載著五百多名撿了命回來的船，快快駛進故鄉的港口。

當雙腳落在有些陌生，卻眷念已久的故國泥土時，他流涕跪在地上，深深地吻著、舐著，泥土是芳香的。

幾乎被遺忘的人，回到了鷹山村。誰也不知道，也不敢相信，他眞的撿回來一條命，連阿俊自己都感到懷疑。

「阿牛伯，阿牛伯！」他呼喊記憶中的第一個面孔，阿牛伯彎著腰，正忙著撒魚網。聽到有人叫喊，一手拉住已經撒出的網繩，擡頭端詳瘦巴巴的面孔。

「阿牛伯，你不認得我啦？我叫阿俊！」

從前，他在阿娥家當長工。對他，阿俊是最熟稔的了，雖然已經禿了大半個頭。

「他不是死了嗎？」阿牛伯摸著後惱，努力地想從記憶裡尋回這突然出現的陌生人。

確定是阿俊的阿牛伯，忘了收起漁網，高興得跳起來，兩人沿著河堤，走到老樹下。那棵熟悉的古樹，對阿俊來說是記憶中甜蜜的樹，站在樹下，望望四周，故鄉依舊燦麗，他貪戀地吸了一口芬芳的空氣，他激動地高呼：「故鄉！我回來了！我阿俊眞的回來了！」

「是的，你回來了，阿娥說你一定會回來的！」阿牛伯指向樹下，長長地感嘆。

順著阿牛伯手指方向看去，墳前坐著一位滿頭白髮的老人，阿牛伯說：那位老阿婆，天天都來這裡。

他想抱住她，卻少了一肢胳膊，他跪在她面前，右拳頭緊緊地、牢牢地頂著戰慄的全身。

「阿姆，阿姆，我回來了！」

「阿俊，你回來了，阿姆很高興，可是阿娥在這裡等著你。」她撫摸著墓碑，眼睛沒有睜開，也沒有淚水。

她使力地想睜開雙眼，看看自己孩子，最後，祇有靠雙手代替雙眼。

在她說完阿娥落水死亡的經過後，拚力搥打自己胸脯放聲哀嚎。「該死的是我，不是阿娥！是我害死她，是我害死她！阿俊，你原諒阿姆。」

像是夢，又不像是夢，阿俊有太多、太多的回憶，有太深、太深的創傷。他完全無力地把全身仰靠樹幹，阿娥可愛的臉、甜甜的小酒窩，蒙著眼睛，靠在這棵樹幹的無邪、活潑的身影……

一張張地浮現在眼前。
冷風吹入心肝內，悲苦無人知，
擡頭望去月娘圓，舊情難忘棄，
故鄉河山依舊麗，不見情人來，
啊！心愛的情人，我已經回來。
阿俊努力地想唱出來，想唱給阿娥聽，卻唱不出聲音來。
陡地，天地昏暗，旋轉。

——原載七十五年十二月廿四、廿五日《臺灣日報》

滄海叢刊已刊行書目(八)

書名	作者	類別
文學欣賞的靈魂	劉述先	西洋文學
西洋兒童文學史	葉詠琍	西洋文學
現代藝術哲學	孫旗譯	藝術
音樂人生	黃友棣	音樂
音樂與我	趙琴	音樂
音樂伴我遊	趙琴	音樂
爐邊閒話	李抱忱	音樂
琴臺碎語	黃友棣	音樂
音樂隨筆	趙琴	音樂
樂林蓽露	黃友棣	音樂
樂谷鳴泉	黃友棣	音樂
樂韻飄香	黃友棣	音樂
樂圃長春	黃友棣	音樂
色彩基礎	何耀宗	美術
水彩技巧與創作	劉其偉	美術
繪畫隨筆	陳景容	美術
素描的技法	陳景容	美術
人體工學與安全	劉其偉	美術
立體造形基本設計	張長傑	美術
工藝材料	李鈞棫	美術
石膏工藝	李鈞棫	美術
裝飾工藝	張長傑	美術
都市計劃概論	王紀鯤	建築
建築設計方法	陳政雄	建築
建築基本畫	陳榮美 楊麗黛	建築
建築鋼屋架結構設計	王萬雄	建築
中國的建築藝術	張紹載	建築
室內環境設計	李琬琬	建築
現代工藝概論	張長傑	雕刻
藤竹工	張長傑	雕刻
戲劇藝術之發展及其原理	趙如琳譯	戲劇
戲劇編寫法	方寸	戲劇
時代的經驗	汪琪 彭家發	新聞
大衆傳播的挑戰	石永貴	新聞
書法與心理	高尚仁	心理

滄海叢刊已刊行書目(七)

書名	作者	類別
印度文學歷代名著選(上)(下)	糜文開編譯	文學
寒山子研究	陳慧劍	文學
魯迅這個人	劉心皇	文學
孟學的現代意義	王支洪	文學
比較詩學	葉維廉	比較文學
結構主義與中國文學	周英雄	比較文學
主題學研究論文集	陳鵬翔主編	比較文學
中國小說比較研究	侯健	比較文學
現象學與文學批評	鄭樹森編	比較文學
記號詩學	古添洪	比較文學
中美文學因緣	鄭樹森編	比較文學
文學因緣	鄭樹森	比較文學
比較文學理論與實踐	張漢良	比較文學
韓非子析論	謝雲飛	中國文學
陶淵明評論	李辰冬	中國文學
中國文學論叢	錢穆	中國文學
文學新論	李辰冬	中國文學
離騷九歌九章淺釋	繆天華	中國文學
苕華詞與人間詞話述評	王宗樂	中國文學
杜甫作品繫年	李辰冬	中國文學
元曲六大家	應裕康 王忠林	中國文學
詩經研讀指導	裴普賢	中國文學
迦陵談詩二集	葉嘉瑩	中國文學
莊子及其文學	黃錦鋐	中國文學
歐陽修詩本義研究	裴普賢	中國文學
清眞詞研究	王支洪	中國文學
宋儒風範	董金裕	中國文學
紅樓夢的文學價值	羅盤	中國文學
四說論叢	羅盤	中國文學
中國文學鑑賞舉隅	黃慶萱 許家鸞	中國文學
牛李黨爭與唐代文學	傅錫壬	中國文學
增訂江皋集	吳俊升	中國文學
浮士德研究	李辰冬譯	西洋文學
蘇忍尼辛選集	劉安雲譯	西洋文學

滄海叢刊已刊行書目(六)

書名	作者	類別
卡薩爾斯之琴	葉石濤	文學
青囊夜燈	許振江	文學
我永遠年輕	唐文標	文學
分析文學	陳啓佑	文學
思想起	陌上塵	文學
心酸記	李喬	文學
離訣	林蒼鬱	文學
孤獨園	林蒼鬱	文學
托塔少年	林文欽編	文學
北美情逅	卜貴美	文學
女兵自傳	謝冰瑩	文學
抗戰日記	謝冰瑩	文學
我在日本	謝冰瑩	文學
給青年朋友的信(上)(下)	謝冰瑩	文學
冰瑩書柬	謝冰瑩	文學
孤寂中的廻響	洛夫	文學
火天使	趙衛民	文學
無塵的鏡子	張默	文學
大漢心聲	張起鈞	文學
回首叫雲飛起	羊令野	文學
康莊有待	向陽	文學
情愛與文學	周伯乃	文學
湍流偶拾	繆天華	文學
文學之旅	蕭傳文	文學
鼓瑟集	幼柏	文學
種子落地	葉海煙	文學
文學邊緣	周玉山	文學
大陸文藝新探	周玉山	文學
累廬聲氣集	姜超嶽	文學
實用文纂	姜超嶽	文學
林下生涯	姜超嶽	文學
材與不材之間	王邦雄	文學
人生小語(一)(二)	何秀煌	文學
兒童文學	葉詠琍	文學

滄海叢刊已刊行書目（五）

書名	作者	類別
中西文學關係研究	王潤華	文學
文開隨筆	糜文開	文學
知識之劍	陳鼎環	文學
野草詞	韋瀚章	文學
李韶歌詞集	李韶	文學
石頭的研究	戴天	文學
留不住的航渡	葉維廉	文學
三十年詩	葉維廉	文學
現代散文欣賞	鄭明娳	文學
現代文學評論	亞菁	文學
三十年代作家論	姜穆	文學
當代臺灣作家論	何欣	文學
藍天白雲集	梁容若	文學
見賢集	鄭彥棻	文學
思齊集	鄭彥棻	文學
寫作是藝術	張秀亞	文學
孟武自選文集	薩孟武	文學
小說創作論	羅盤	文學
細讀現代小說	張素貞	文學
往日旋律	幼柏	文學
城市筆記	巴斯	文學
歐羅巴的蘆笛	葉維廉	文學
一個中國的海	葉維廉	文學
山外有山	李英豪	文學
現實的探索	陳銘磻編	文學
金排附	鍾延豪	文學
放鷹	吳錦發	文學
黃巢殺人八百萬	宋澤萊	文學
燈下燈	蕭蕭	文學
陽關千唱	陳煌	文學
種籽	向陽	文學
泥土的香味	彭瑞金	文學
無緣廟	陳艷秋	文學
鄉事	林清玄	文學
余忠雄的春天	鍾鐵民	文學
吳煦斌小說集	吳煦斌	文學

滄海叢刊已刊行書目(四)

書名	作者	類別
歷史圈外	朱桂	歷史
中國人的故事	夏雨人	歷史
老臺灣	陳冠學	歷史
古史地理論叢	錢穆	歷史
秦漢史	錢穆	歷史
秦漢史論稿	刑義田	歷史
我這半生	毛振翔	歷史
三生有幸	吳相湘	傳記
弘一大師傳	陳慧劍	傳記
蘇曼殊大師新傳	劉心皇	傳記
當代佛門人物	陳慧劍	傳記
孤兒心影錄	張國柱	傳記
精忠岳飛傳	李安	傳記
八十憶雙親 師友雜憶 合刊	錢穆	傳記
困勉強狷八十年	陶百川	傳記
中國歷史精神	錢穆	史學
國史新論	錢穆	史學
與西方史家論中國史學	杜維運	史學
清代史學與史家	杜維運	史學
中國文字學	潘重規	語言
中國聲韻學	潘重規 陳紹棠	語言
文學與音律	謝雲飛	語言
還鄉夢的幻滅	賴景瑚	文學
葫蘆・再見	鄭明娳	文學
大地之歌	大地詩社	文學
青春	葉蟬貞	文學
比較文學的墾拓在臺灣	古添洪 陳慧樺 主編	文學
從比較神話到文學	古添洪 陳慧樺	文學
解構批評論集	廖炳惠	文學
牧場的情思	張媛媛	文學
萍踪憶語	賴景瑚	文學
讀書與生活	琦君	文學

滄海叢刊已刊行書目㈢

書名	作者	類別
不疑不懼	王洪鈞	教育
文化與教育	錢穆	教育
教育叢談	上官業佑	教育
印度文化十八篇	糜文開	社會
中華文化十二講	錢穆	社會
清代科舉	劉兆璸	社會
世界局勢與中國文化	錢穆	社會
國家論	薩孟武譯	社會
紅樓夢與中國舊家庭	薩孟武	社會
社會學與中國研究	蔡文輝	社會
我國社會的變遷與發展	朱岑樓主編	社會
開放的多元社會	楊國樞	社會
社會、文化和知識份子	葉啓政	社會
臺灣與美國社會問題	蔡文輝 蕭新煌 主編	社會
日本社會的結構	福武直 著 王世雄 譯	社會
三十年來我國人文及社會科學之回顧與展望		社會
財經文存	王作榮	經濟
財經時論	楊道淮	經濟
中國歷代政治得失	錢穆	政治
周禮的政治思想	周世輔 周文湘	政治
儒家政論衍義	薩孟武	政治
先秦政治思想史	梁啓超原著 賈馥茗標點	政治
當代中國與民主	周陽山	政治
中國現代軍事史	劉馥 著 梅寅生 譯	軍事
憲法論集	林紀東	法律
憲法論叢	鄭彥棻	法律
師友風義	鄭彥棻	歷史
黃帝	錢穆	歷史
歷史與人物	吳相湘	歷史
歷史與文化論叢	錢穆	歷史

滄海叢刊已刊行書目(二)

書名	作者	類別
語言哲學	劉福增	哲學
邏輯與設基法	劉福增	哲學
知識•邏輯•科學哲學	林正弘	哲學
中國管理哲學	曾仕强	哲學
老子的哲學	王邦雄	中國哲學
孔學漫談	余家菊	中國哲學
中庸誠的哲學	吳怡	中國哲學
哲學演講錄	吳怡	中國哲學
墨家的哲學方法	鐘友聯	中國哲學
韓非子的哲學	王邦雄	中國哲學
墨家哲學	蔡仁厚	中國哲學
知識、理性與生命	孫寶琛	中國哲學
逍遥的莊子	吳怡	中國哲學
中國哲學的生命和方法	吳怡	中國哲學
儒家與現代中國	韋政通	中國哲學
希臘哲學趣談	鄔昆如	西洋哲學
中世哲學趣談	鄔昆如	西洋哲學
近代哲學趣談	鄔昆如	西洋哲學
現代哲學趣談	鄔昆如	西洋哲學
現代哲學述評(一)	傅佩榮譯	西洋哲學
懷海德哲學	楊士毅	西洋哲學
思想的貧困	韋政通	思想
不以規矩不能成方圓	劉君燦	思想
佛學研究	周中一	佛學
佛學論著	周中一	佛學
現代佛學原理	鄭金德	佛學
禪話	周中一	佛學
天人之際	李杏邨	佛學
公案禪語	吳怡	佛學
佛教思想新論	楊惠南	佛學
禪學講話	芝峯法師譯	佛學
圓滿生命的實現(布施波羅蜜)	陳柏達	佛學
絶對與圓融	霍韜晦	佛學
佛學研究指南	關世謙譯	佛學
當代學人談佛教	楊惠南編	佛學

滄海叢刊已刊行書目(一)

書名	作者	類別
國父道德言論類輯	陳立夫	國父遺教
中國學術思想史論叢(一)(二)(三)(四)(五)(六)(七)(八)	錢穆	國學
現代中國學術論衡	錢穆	國學
兩漢經學今古文平議	錢穆	國學
朱子學提綱	錢穆	國學
先秦諸子繫年	錢穆	國學
先秦諸子論叢	唐端正	國學
先秦諸子論叢(續篇)	唐端正	國學
儒學傳統與文化創新	黃俊傑	國學
宋代理學三書隨劄	錢穆	國學
莊子纂箋	錢穆	國學
湖上閒思錄	錢穆	哲學
人生十論	錢穆	哲學
晚學盲言	錢穆	哲學
中國百位哲學家	黎建球	哲學
西洋百位哲學家	鄔昆如	哲學
現代存在思想家	項退結	哲學
比較哲學與文化(一)(二)	吳森	哲學
文化哲學講錄(一)(二)(三)(四)	鄔昆如	哲學
哲學淺論	張康譯	哲學
哲學十大問題	鄔昆如	哲學
哲學智慧的尋求	何秀煌	哲學
哲學的智慧與歷史的聰明	何秀煌	哲學
內心悅樂之源泉	吳經熊	哲學
從西方哲學到禪佛教——「哲學與宗教」一集——	傅偉勳	哲學
批判的繼承與創造的發展——「哲學與宗教」二集——	傅偉勳	哲學
愛的哲學	蘇昌美	哲學
是與非	張身華譯	哲學